FANTASTIC ORIENTAL HEROES

임영기 新무협 판타지 소설

등룡기 3

임영기 新무협 판타지 소설

초판 1쇄 찍은 날 § 2014년 5월 20일
초판 1쇄 펴낸 날 § 2014년 5월 27일

지은이 § 임영기
펴낸이 § 서경석

편집부장 § 권태완
편집책임 § 박가연

펴낸곳 § 도서출판 청어람
등록번호 § 제387-1999-000006호
등록일자 § 1999. 5. 31
어람번호 § 제2-2498호

주소 § 경기도 부천시 원미구 부일로 483번길 40 서경B/D 3F (우) 420-822
전화 § 032-656-4452 팩스 § 032-656-4453
http://www.chungeoram.com
E-mail § chungeorambook@daum.net

ⓒ 임영기, 2014

ISBN 979 11 361 9035 2 04810
ISBN 979-11-5681-982-0 (세트)

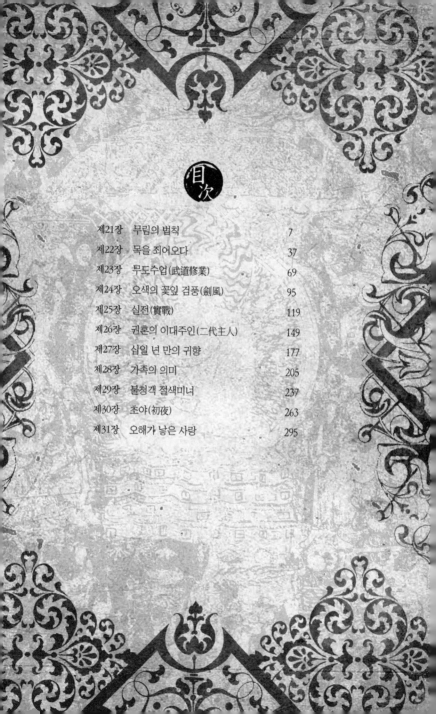

目次

第二十一章

무림의 법칙

자정이 다 되어가는 시각에 지공과 정공이 돌아갔다.

　더 꼬치꼬치 캐물으면서 물고 늘어졌으면 도무탄과 녹상이 곤란해질 수도 있었겠지만, 그들이 순순히 돌아간 이유는 소연풍이 버티고 있었기 때문일 것이다.

　소연풍은 이 자리에 있어주는 것만으로도 도무탄에게 큰 힘이 되어주었다.

　도무탄과 녹상, 그리고 소연풍과 독고지연은 둥근 탁자에 둘러앉았다.

　늦은 시간이지만 보화와 소진은 기꺼이 술과 요리를 준비하려고 주방으로 갔다.

도무탄과 소연풍은 마주 앉아 있는데 별다른 말을 하지 않고 침묵을 지켰다.

보통 사람들이 조금 전에 친구가 됐다고 하면 할 말이 아주 많을 텐데도 이 두 사람은 서로 마주 보면서 담담히 미소만 지을 뿐이다.

어찌 보면 도무탄이 위기에서 벗어나려고 소연풍을 이용한 것처럼 보이지만 정작 당사자인 두 사람은 그렇게 생각하지 않았다.

독고지연은 나란히 앉아 있는 도무탄과 녹상 뒤쪽에 서 있는 막야와 막사가 아까부터 줄곧 자신을 싸늘하게 쏘아보고 있는 것이 못내 께름칙했다.

"저 둘은 무엇 때문에 날 잡아먹을 것처럼 노려보고 있는 거지?"

"네년이 이들의 형이며 오빠를 죽였기 때문이다."

"내가?"

독고지연은 그 당시에 자신이 죽였던 단 한 사람 막태를 기억해 냈다. 그녀는 억울하다는 표정을 지었다.

"그를 죽이지 않았으면 내가 죽었어."

그녀가 도무탄과 녹상을 죽이려고 할 때 막태가 그녀 뒤에서 공격을 하다가 죽음을 당했었다.

"어쨌든 네년이 그를 죽였다."

도무탄은 여전히 독고지연을 거친 말투로 대했다.

독고지연은 태어나서 지금껏 살아오면서 이렇게 지독한 욕설을 들어본 적이 없었다.

아무리 생면부지의 사람이라고 해도, 캄캄한 한밤중에 온 천하를 환하게 밝힐 것 같은 그녀의 절색미모를 보게 된다면 그저 감탄과 찬사가 저절로 쏟아져 나오면 나왔지 어찌 욕설이 나오겠는가.

평소의 독고지연이었다면 도무탄을 죽였어도 벌써 열 번은 더 죽였을 것이다.

그러나 두 가지 이유 때문에 그녀는 발작을 하지 못한 채 잠자코 있었다.

첫째는 소연풍이 지켜보고 있기 때문이고, 둘째는 도무탄의 지적, 즉 낯선 사람인 그가 마차에서 여자와 정사를 벌였던 행동이 죽을죄는 아니었다는 것을 지금은 그녀도 인정한다는 것이다.

"그래서 어쩌자는 거지?"

독고지연은 발딱 일어섰다.

"복수를 하겠다면 해봐. 그렇지만 나도 고분고분하게 목을 내밀지는 않을 거야."

막야와 막사, 그리고 독고지연 사이에 팽팽한 긴장감이 조성되었다.

막야와 막사가 합공을 한다고 해도 독고지연에게 일 초식에 죽고 말 것이다.

아니, 설사 도무탄과 녹상까지 가세하더라도 그녀를 당해낼 수는 없다.

그 사실을 너무도 잘 알고 있기에 막야와 막사는 눈을 새파랗게 뜨고서 독고지연을 죽일 듯이 노려볼 뿐이지 어떤 행동을 취하지는 못했다.

도무탄 역시 독고지연을 죽이고 싶은 마음이 굴뚝같지만 어쩔 도리가 없어서 가만히 앉아 있었다.

그러면서 역시 자신에게 무엇보다도 강력한 힘이 절대적으로 필요하다는 사실을 다시 한 번 절실히 깨달았다.

문득 그는 이런 상황에서 소연풍이라면 어떻게 할 것인지 궁금해졌다.

"소 형이라면 이럴 때 어떻게 하겠소?"

소연풍은 원래 남의 일에는 일체 참견하지 않는 것이 원칙이지만 도무탄의 물음에는 조언을 해주었다.

"도 형은 나를 잘 모를 테니까 먼저 말해두겠네. 나는 솔직한 것을 좋아하네."

"나하고 같군."

소연풍이 말을 놓자 도무탄도 즉시 말을 놔버렸다.

소연풍은 쳐다보지도 않고 도무탄 뒤에 나란히 서 있는 막야와 막사를 손가락으로 가리켰다.

"저 친구들 심정 충분히 이해하지만 무림에서는 이런 일이 비일비재하네."

"그렇겠지."

"만약 이 자리에 내가 없었으면 연 매가 여기에 있는 사람을 모두 죽였을 걸세."

소연풍이 그렇지 않으냐는 듯 자신을 쳐다보자 독고지연은 고개를 까딱했다.

"아마도 그랬겠지요."

"연 매가 지금 내 체면을 봐주고 있는 걸세."

순간 도무탄과 막야, 막사는 동시에 똑같은 사실을 깨닫고 표정이 변했다.

지금 상황은 도무탄과 막야, 막사가 독고지연을 어떻게 처리할 것인가를 고민해야 하는 것이 아니라, 외려 죽음을 막아주고 있는 소연풍에게 고마워해야 마땅한 것이다.

그렇다고 해서 소연풍이 새삼스럽게 도무탄에게 고맙다는 소리나 듣자고 이런 말을 하는 것은 아니다.

"잠시 그 당시의 상황을 정리해 볼까?"

보화와 소진이 쟁반에 요리와 술을 가져와서 탁자에 차리는데도 소연풍은 말을 멈추지 않았다.

"저 친구들 형이며 오빠였던 사람 이름이 뭔가?"

"막태라네."

요리 그릇을 내려놓던 보화는 남편의 이름이 나오자 동작이 뚝 멈춰지면서 잠시 놀란 표정을 지었으나 곧 정신을 수습하고 하던 일을 계속했다.

"막태가 뒤에서 공격을 해오는데 가만히 있었으면 연 매가 죽었을 게야. 연 매는 살려고 검을 휘둘렀고 그래서 막태가 죽었네. 누구라도 그런 상황에 처했다면 살기 위해서 반격을 했을 걸세."

다들 조용히 듣고 탁자에 요리 그릇 내려놓는 소리만 작게 달그락거렸다.

소연풍은 도무탄과 녹상을 가리켰다.

"또한 막태가 공격하지 않았으면 자네들이 죽었을 거야."

도무탄이 냉랭한 얼굴로 독고지연을 턱으로 가리켰다.

"처음부터 저년이 시작하지 않았으면 그런 일도 일어나지 않았었겠지."

소연풍은 고개를 끄떡였다.

"그 일로 화산이웅이 죽었다고 들었네."

"상아가 한 명을, 그리고 막태가 한 명을 죽였네."

"만약 화산파에서 이 사실을 알게 되면 어떻게 나올 것 같은가?"

"글쎄……."

도무탄은 그저 막연하게 화산파가 복수를 하려 들지 않을까 생각했다.

그렇지만 당사자인 막태가 이미 죽었으므로 별일은 없을 것이라는 생각도 들었다.

그러나 소연풍의 말이 도무탄의 안일한 생각을 깡그리 날려 버렸다.

"아마 화산파는 그 사건의 원인부터 결과까지 모두 지옥으로 보낼 걸세."

그의 말에 강심장인 도무탄은 물론이고 비스듬한 자세로 딴짓을 하고 있던 녹상까지도 움찔 놀랐다.

"원인부터 결과까지라는 것은 뭔가?"

"그 사건에 터럭만큼이라도 연관이 있는 사람이라면 모두 찾아내서 죽일 것이라는 뜻이지."

도무탄은 버쩍 얼어붙은 얼굴로 주위의 사람들을 천천히 둘러보았다.

그때는 요리 그릇을 다 내려놓은 보화와 소진도 크게 놀라는 표정으로 소연풍과 독고지연 뒤쪽에 서 있었다.

"그럼… 여기 있는 사람 모두를 죽인다는 것인가?"

"아닐세."

도무탄은 한시름 놓는 표정을 지었다.

"그렇겠지. 설마……."

"해룡방의 풀 한 포기까지 다 뽑아버릴 걸세. 자네하고 터럭만큼이라도 연관이 되는 것이라면 절대로 그냥 지나치지 않겠지."

도무탄은 눈을 휘둥그렇게 뜨고 입을 쩌억 벌리면서 크게 놀랐다.

그가 이렇게 놀라고 있다면 다른 사람들의 반응이 어떨지는 보나마나다.

"설마……."

"그게 화산파이고 구대문파라는 것일세. 본보기를 그렇게 해야지만 무림 전체가 화산파를 함부로 보지 않지. 달리 그들을 구대문파라고 하겠나?"

소연풍 같은 인물이 거짓말이나 허풍을 칠 리가 없다.

독고지연도 조용한 목소리로 소연풍을 거들었다.

"우리 무영검가는 구대문파 정도의 세력은 아니지만 만약 내게 무슨 일이 생긴다면 방금 풍 가가께서 말씀하신 것 같은 행동을 취할 거예요."

"그런 게 무림일세."

막야, 막사는 독고지연을 죽이고 싶다는 생각 따윈 아스라이 사라져 버렸다.

독고지연이 문제가 아닌 것이다. 지금은 막태 때문에 도무탄을 비롯한 해룡방 전체가 위험해졌다는 생각에 모두들 정신이 아득해졌다.

"그 사실을 아까 소림 땡중들이 알고 있잖아!"

녹상이 독고지연을 쏘아보며 캐물었다.

"땡중들이 묻는 말에 네가 다 대답해 줬다면서?"

표면적인 것으로는 무엇 하나 독고지연을 능가하는 것이 없는 녹상이 그녀를 고양이가 쥐 잡듯이 몰아세웠다.

독고지연은 씁쓸한 표정을 지었다.

"이렇게 될 줄은 몰랐어."

그녀는 자신 없는 얼굴로 변명했다.

"내가 대답을 해주면 소림무승들이 곧 너희에게 찾아갈 것이라고 생각했어. 그래서 말해주고 나서 소림무승들을 미행했던 거야."

일이 이렇게 됐다고 해서 무조건 그녀만 탓할 수는 없는 노릇이다.

그 당시의 그녀로선 도무탄 등을 걱정해야 할 하등의 이유가 없었다.

도무탄과 소연풍이 친구가 될 것이라고 어느 누가 상상이나 했었겠는가.

도무탄은 심각한 표정을, 녹상은 오만상을 쓰고 있으며, 막야와 막사, 심지어 보화와 소진까지도 망연자실한 표정을 지으며 어쩔 줄을 몰랐다.

그때 갑자기 보화가 소연풍 뒤쪽에서 그에게 무릎을 꿇고 이마를 바닥에 조아리며 납작하게 부복했다.

"대인, 하오면 대형과 해룡방이 살아날 방도는 전혀 없는 건가요? 부디 방법을 가르쳐 주세요."

소연풍이 의아한 표정으로 그녀를 돌아보는데 도무탄이 일러주었다.

"제수씨는 막태의 부인일세."

소연풍은 고개를 끄떡이고 나서 말했다.

"한 가지 다행한 일은 그 사실을 알고 있는 소림무승들의 입이 무겁다는 걸세. 그들은 녹향을 추적하는 일 외에는 관심이 없을 거야."

도무탄은 기대어린 표정을 지었다.

"자네 말은 그들이 발설하지 않을 거라는 얘긴가?"

"단정을 내리지는 못하지만 대충 그럴 것이라는 얘길세."

소연풍의 말에 도무탄은 일희일비했다. 그러면서 그는 힘없는 자의 설움 같은 것을 느꼈다.

"말할 수도 있다는 거로군."

"소림무승들이 그 얘기를 해주러 일부러 화산파까지 찾아가는 일은 없겠지만 또한 그 얘기를 비밀이라고 생각하지는 않을 걸세."

"말할 상황이 되면 하겠군."

"그렇지."

탁자에 놓인 몇 가지 요리에서는 향긋하고 구수한 향기가 풍기고 있지만 아무도 손을 대려고 하지 않고 무거운 침묵만 흘렀다.

소연풍은 심각한 표정의 도무탄을 쳐다보았다.

"자네, 나라면 이럴 때 어떻게 하겠느냐고 물었지?"

도무탄은 소연풍이 심각한 표정을 짓는 것을 한 번도 본 적이 없다.

"그렇네."

"나라면 자네를 비롯한 수하들과 연 매의 원한은 이쯤에서 묻어버리고 화산파의 일을 고심하겠네."

모두의 시선이 독고지연에게 집중됐고 소연풍의 말이 계속되었다.

"나는 얼마 전에 태악산 깊은 산중에 혼절해 있는 연 매를 우연히 발견했었네."

소연풍은 독고지연을 보면서 말했다.

"그때 연 매는 거의 죽은 목숨이었네. 자네가 연 매를 그 지경으로 만든 것이지. 그리고 그때 내가 우연히 발견하지 못했더라면 연 매는 그곳에서 죽어서 시신이 썩어 세상 사람 아무도 연 매가 어떻게 됐는지 모르겠지. 천하이미 천상옥화는 그렇게 산중고혼(山中孤魂)이 되었을 게야."

만약 그랬더라면 독고지연의 가족들은 평생 애를 태우면서 그녀를 찾아 헤매게 됐을 것이다.

그것은 죽어서 시신이라도 남겨 장례를 치른 막태보다 훨씬 못한 상황이다.

"나는 죽은 것이나 죽는 것 이상의 고통을 겪어보는 것이 동일하다고 생각하네. 매듭을 묶는 것이나 푸는 일은 사람이 하는 일이지."

소연풍이 아니었으면 그때 독고지연은 죽었다. 그리고 그때 그녀는 지독한 고통을 맛보면서 차라리 죽는 것이 편할 것이라는 생각까지 했었다.

반면에 단칼에 목이 잘린 막태는 고통 따윈 전혀 느끼지 못하고 죽었다.

그렇다면 과연 그 둘의 죽음과 고통을 누가 어떻게 평가할 수 있을까.

매듭을 묶는 것은 원한을 품는 일이고, 매듭을 푸는 것은 원한을 풀어 친구가 되는 일이다.

슥—

무릎을 꿇었던 보화가 일어나더니 막야와 막사를 똑바로 쳐다보며 말했다.

"너희 둘은 나를 잘 봐라."

그러더니 독고지연에게 손을 내밀었다.

"나는 막태의 처예요. 지금 이 순간부터 소저를 조금도 원망하지 않겠어요. 그러니 소저도 원한을 털어주기를 원해요. 이 손을 잡으면 우린 친구가 될 거예요."

독고지연은 보화가 내민 손과 그녀의 얼굴을 번갈아 보면서 복잡한 표정을 지었다.

그 순간에 독고지연은 자신이 보화의 심정으로 감정이입이 돼버렸다.

그녀가 평소에 잘 울고 웃으며 또 화를 잘 내는 이유는 아주 여리고 순수한 감성을 지녔기 때문이다.

'남편을 죽였는데… 나였다면 과연 이렇게 쉽사리 포기할 수 있을까?'

그러다가 애써 아무렇지도 않은 표정을 짓고 있는 보화의 두 눈에 물기가 반짝이는 것을 발견했다.

'아…….'

독고지연은 힐끗 도무탄을 돌아보았다.

도무탄은 미간을 잔뜩 좁힌 채 보화를 주시하고 있다가 독고지연과 시선이 마주치니까 외면을 했다.

그때 독고지연은 깨달았다.

'이 여자는 원한보다 더 큰 것을 지키기 위해서 원한을 포기하는 거야…….'

그때 막야가 독고지연을 주시하며 눈물을 삼키는 듯한 목소리로 입을 열었다.

"막태의 동생 막야와 막사는 지금 이 시간부터 당신을 원수로 대하지 않겠소……!"

독고지연은 얼어붙은 듯이 가만히 앉아 있다가 천천히 손을 내밀어 보화의 손을 잡았다.

"나도… 원한을 잊겠어요."

도무탄은 독고지연의 눈에 촉촉하게 물기가 맺히는 것을 발견하고 뜻밖이라는 표정을 지었다.

전갈처럼 독하다고만 여긴 그녀의 눈물은 도무탄에게 신선한 충격을 안겨주었다.

소연풍이 도무탄과 녹상에게 물었다.

"자네들은 어쩔 텐가?"

도무탄은 고개를 끄떡였다.

"제수씨와 야야 사야가 잊겠다는데 내가 무슨……."

그러나 녹상은 눈을 새파랗게 뜨고 죽일 듯이 독고지연을 노려보았다.

"그래도 나는 절대 이런 식으로는 못 넘어가겠어. 누가 죽든지 한번 붙어봐야지만 직성이 풀릴 거 같아."

순간 좌중이 차갑게 얼어붙었다.

독고지연은 복잡한 표정을 지었다. 사람의 감정이란 들쭉

날쭉하는 것이 아니다.

방금 전에 원한을 다 잊기로 하고 분위기가 고자누룩해졌는데 이제 다시 한 번 붙어보자고 해서 원한을 금세 다시 끌어 올리기가 쉬운 일이 아니다.

탁—

녹상은 잡아먹을 듯한 표정으로 술병 하나를 독고지연 앞에 놓았다.

"누가 먼저 뻗는지 마셔보자고, 탁자에 엎어지면 그걸로 지는 거야."

술 마시자는 얘기였다.

술을 몇 잔 마시고 나서야 도무탄과 소연풍은 비로소 대화를 하기 시작했다.

막야와 막사, 그리고 보화와 소진까지 둘러앉아서 술을 마시고 요리를 먹었다.

원래 조용한 성격의 보화와 막야, 막사는 자리에 앉아서 묵묵히 술잔을 기울였다.

"그러니까 마차 안에서 도 형하고 정사를 한 여자가 이 낭자인가?"

소연풍이 술잔을 쥔 손으로 녹상을 가리켰다.

녹상은 독고지연하고 마주 보고 앉아서 상체를 앞으로 숙인 채 연신 술을 마시면서 힐끗 소연풍을 보았다.

"그래, 나야."

"이 낭자는 자네하고 어떤 관계인가?"

소연풍이 묻는 사람은 도무탄인데 대답은 연이어서 녹상이 가로챘다.

"나는 도은상, 도무탄 오빠의 여동생이야."

소연풍과 독고지연은 동시에 흠칫했다.

"남매끼리 정사를 했다는 것인가?"

"아… 뭐……."

도무탄은 어색한 표정으로 더듬거렸다. 만약 지금 적절한 변명을 하지 않으면 그는 누이동생하고 정사를 한 파렴치한이 되고 말 것이다.

"그래, 했어. 그게 뭐 어때서? 오빠가 여동생하고 정사를 했으면 친구가 된 걸 무르기라도 할 거야?"

"짐승 같은 놈."

독고지연이 술을 입속에 쏟아붓고는 도무탄을 흘기며 중얼거렸다.

소연풍은 도무탄의 눈빛과 표정을 보고는 그가 누이동생하고 정사를 한 데에는 그럴 만한 이유가 있든지 아니면 정사 같은 것은 하지 않았을 것이라고 생각했다.

하지만 소연풍은 도무탄이 여동생하고 정사를 했든 아니

든 개의치 않았다.

한 번 맺은 우정은 그 정도의 일로 간단하게 깨지지 않기 때문이다.

더구나 정사니 뭐니 하는 것들은 개인의 취향일 뿐이다. 만약 소연풍 자신의 어떤 특이한 취미나 사생활을 갖고 도무탄이 시비를 건다면 그것 역시 참을 수 없는 일이다. 그런 점에서 개인의 취향은 존중되어야만 한다.

그러나 독고지연은 자신이 오빠와 몸을 섞었다는 상상을 하면서 몸서리를 치며 자꾸만 도무탄과 녹상을 더러운 벌레처럼 쳐다보았다.

어쨌든 소연풍은 도무탄이 보면 볼수록 대하면 대할수록 마음에 들었다.

더구나 오 리 밖에서 궁효가 숨을 헐떡이면서 달려오고 있는 소리를 감지한 소연풍은 잠시 후에 전설의 칠성검을 가질 수 있다는 생각에 기분이 한층 고조되었다.

도무탄의 왼쪽에는 녹상이 앉았으며 오른쪽에는 보화가 앉아 있다.

큰 결심을 한 보화를 위로하려고 도무탄이 그녀를 곁에 앉힌 것이다.

소연풍의 얘기를 듣고 보화가 독고지연을 용서한 이유는 오로지 도무탄 때문이다.

남편인 막태가 죽인 화산파 제자 때문에 도무탄과 해룡방이 풀 한 포기 남기지 못하고 화산파에게 몰살을 당한다면 그것은 도무탄에게 은혜를 갚는 일이 아니라 오히려 은혜를 원수로 갚는 것이다. 결과적으로 막태는 도무탄과 해룡방에 해를 끼치게 되었다.

"한 잔 더 받으시오, 제수씨."

평소에 술을 많이 마시지 않는 보화지만 오늘만큼은 도무탄이 따라주는 술을 사양하지 않고 주는 대로 받아서 넙죽넙죽 마셨다.

하긴 도무탄이 그녀에게 손수 술을 따라주는 것도 처음인데다 그녀 역시 오늘 밤은 마음이 착잡하기 때문이다.

"대형……! 헉헉헉……."

그때 태원성 천보궁에 칠성검을 가지러 한시도 쉬지 않고 달려갔다가 온 궁효가 거친 숨을 헐떡이면서 대전 안으로 달려 들어왔다.

"오… 어서 와라!"

소연풍은 물론 술 마시기 시합을 벌이고 있는 독고지연과 녹상의 시선이 일제히 궁효의 어깨로 향했다.

궁효의 어깨에는 하나의 길쭉한 목갑(木匣)이 단단하게 묶여 있는데 일견하기에도 그 안에 검, 즉 칠성검이 들어 있는 것이 분명했다.

"가져왔느냐?"

"헉헉헉… 여기 있습니다."

"소 형에게 드려라."

궁효가 재빨리 목갑을 풀어서 내미는 것을 도무탄이 소연풍을 가리켰다.

척―

궁효가 조심스러운 동작으로 목갑을 두 손으로 받쳐 들고는 정중하게 내밀자 이때만큼은 소연풍도 매우 진지한 표정으로 자리에서 일어나 자못 경건하게 두 손을 내밀어 목갑을 받았다.

칠성검을 예전에 본 적이 있는 도무탄을 제외한 모두의 호기심 어린 시선을 받으면서 소연풍은 목갑을 탁자에 내려놓고 천천히 뚜껑을 열었다.

드극……

수백 년 묵은 호두나무 상자 안에서 모습을 드러낸 것은 뜻밖에도 평범해 보이는 한 자루 장검이다.

녹상의 오룡검처럼 은은한 광채나 서기도 뿜어 나오지 않았으며 검실과 검파 등 모두 평범해 보였다.

녹상과 독고지연은 동시에 소연풍의 얼굴을 쳐다보며 그의 반응을 살폈다. 검이 너무 평범해서 그가 실망했을 것이라고 생각했다.

그렇지만 그녀들의 예상은 빗나갔다. 소연풍은 격동을 억눌러 참는 듯한 표정으로, 그리고 경건하게 두 손으로 목갑에서 검을 꺼냈다.

검실은 칙칙하고 검푸른색의 절반은 가죽이고 절반은 비늘인 듯한 재질로 만들어졌다.

"만년청화리(萬年青火鯉)의 가죽으로 만든 검실이야."

"만년청화리……."

"내가 구입했을 당시에는 검실이 낡았었기에 만년청화리의 가죽을 따로 구해서 검실을 만들었네."

도무탄의 설명에 소연풍이 따라서 중얼거렸다.

척―

그는 왼손으로 검실을 잡고 오른손으로 검파를 움켜잡으며 천천히 검을 뽑았다.

스승…….

자갈 위로 얕은 물이 흘러가는 듯한 소리가 났다.

검이 뽑히기 시작하여 검신이 모습을 드러내고 있을 때 사람들은 눈부신 청광(淸光)이 검실 안에서 쏟아져 나오는 것을 발견했다.

파츠즈춧!

그리고 검이 완전히 뽑히자 검에서 찬란한 검광이 허공을 향해 뿜어져서 서로 부딪치고 작렬했다.

그 순간 사람들은 실내 허공에 작고 푸른 몇 줄기의 번갯불이 어지럽게 갈지자를 그렸다가 사라지는 광경을 찰나지간 발견했다.

"오……."

"아아……."

누구의 입에서 흘러나왔는지는 모를 어지러운 감탄 소리가 뒤를 이었다.

방금 어두컴컴한 실내 허공에 찰나지간에 번뜩이다가 사라진 것이 무엇인지 정확하게 본 사람은 소연풍과 독고지연뿐이다.

그것은 검에서 뿜어진 일곱 줄기의 청광이 허공의 각기 다른 특정한 방위로 쏘아갔다가 결국은 하나로 모아지고는 사라지는 광경이었다.

칠성지섬(七星之閃). 칠성검에서 뿜어진다는 일곱 줄기의 섬광을 가리키는 것이다.

전설에 의하면 칠성지섬이 바로 천공의 북두칠성의 기운 혹은 정기(精氣)라고 했다.

즉, 칠성정기(七星精氣)가 칠성검에 담겨 있다고만 전해질 뿐이지 그게 무엇이고 어떤 효능을 발휘하며 어떻게 사용하는지에 대해서는 알려져 있지 않다.

보통의 장검보다 약간 짧은 석 자 길이의 칠성검을 오른손에 쥐고 우뚝 서 있는 소연풍의 모습은 이 순간만큼은 천신(天神) 같았다.

칠성검은 오룡검처럼 어떤 광휘도 흩뿌리지 않는 평범한 모습이지만 칠성검의 신비를 이미 발견한 소연풍은 크게 흥분하여 가슴이 심하게 두근거렸다.

그는 흥분을 가라앉히려고 애쓰면서 검신을 자세히 살펴보았다.

쳐다보는 시선조차 베어버릴 것 같은 푸르스름한 예기(銳氣)가 검신에 감돌고 있다.

그리고 검첨에서 검파 한 뼘 못 미친 곳에 이르기까지 일곱 개의 제각기 다른 크기의 구멍이 불규칙적으로 뚫려 있는 것이 시야에 들어왔다.

소연풍은 바로 그 구멍에서 칠성지섬이 뿜어지는 것이라고 짐작했다.

'최고다!'

철컥!

속으로 감탄을 내뱉은 그는 칠성검을 검실에 꽂고 두 손에 모아 그러쥐고 도무탄을 향해 포권지례를 하며 깊숙이 허리를 굽혔다.

"도 형, 자네는 나 소연풍의 단 한 명뿐인 친구일세."

도무탄은 어이없는 표정을 지었다.

"자네… 친구가 한 명도 없다는 말인가?"

"한 명 있네."

"나 말고."

"없었네."

소연풍은 아무렇지도 않다는 듯 대답했다.

"어째서 친구가 없었나?"

소연풍은 빙그레 미소 지었다.

"그럴 만한 사람이 없었네."

"나는 그럴 만한 사람인가?"

"넘치네."

도무탄은 헤벌쭉했다.

"듣기 좋군."

이미 취기가 오르기 시작한 녹상이 변죽을 울렸다.

"오빠, 칠성검은 얼마 주고 산 거야?"

"엉?"

"내 오룡검은 은자 일억 냥 줬다고 했잖아. 칠성검은 얼마
줬는데?"

도무탄은 멋쩍게 웃었다.

"이억 냥."

"그럴 줄 알았어."

소연풍과 독고지연 얼굴에 큰 놀라움이 파도처럼 떠올라

일렁거렸다.

독고지연은 도무탄과 소연풍을 번갈아 쳐다보면서 의아한 표정으로 물었다.

"사랑을 위해서라고 해도 무려 은자 이억 냥을 쓰는 경우는 들어본 적도 없는데 어떻게 남자인 친구를 위해서 그럴 수 있는 거지?"

도무탄은 씩 미소 지었다.

"여자는 모른다."

그는 적잖이 놀란 얼굴로 자신을 바라보고 있는 소연풍에게 앉기를 권했다.

"앉게. 오늘은 코가 비뚤어지도록 마셔보자구."

소연풍은 원래 지니고 있던 검을 풀어놓고 칠성검을 끈으로 잘 묶어서 어깨에 단단히 고정시키고 나서 독고지연 옆에 앉았다.

"술 더 가져올게요."

"아니, 제가 가져올게요."

보화와 소진이 서로 일어나려는 것을 도무탄이 양팔을 뻗어 그녀들의 어깨를 감싸고 일어나지 못하게 했다.

"궁효, 네 수하에게 시켜라."

"네, 대형."

독고지연은 이곳에 온 이후 여러 차례에 걸쳐서 도무탄을 점점 새롭게 인식하게 되었다.

마차 안에서 정사하는 광경을 본 처음에는 개차반인 줄로
만 알았었는데 한 꺼풀씩 껍질을 벗기면 벗길수록 속이 꽉 찬
사내라는 것이 드러났다.

그렇지만 한 가지 흠이 여동생하고 정사를 한다는 사실이
다. 천만 가지가 다 잘났더라도 그 한 가지 사실 때문에 구토
가 나올 지경이다.

누가 더 술을 많이 마시고 또 오래 버티는지 내기를 하고
있는 녹상과 독고지연은 아주 곤죽이 되었다.

그리고 둘은 술을 마시는 동안 꽤 친해졌는데 그것은 누구
도 예상하지 못한 일이다.

"도무탄! 너 몇 살이나 먹었냐?"

눈이 반쯤 감기고 몸도 흐느적거리는 독고지연은 희고 가
느다란 손가락을 뻗어 도무탄을 가리켰다.

콧대 높고 도도한 그녀가 술에 취하면 이런 모습이 된다는
것은 그녀 자신도 모르고 있었던 일이다.

이렇게 많이 마시는 것은 난생처음이기 때문이다. 오늘은
매우 특별한 일이 많이 일어났기에 그녀는 스스로를 자제하
는 것이 쉽지 않았다.

아니, 별것도 아닌 일에 툭 하면 자제하는 것이 지겨워서

강호주유를 떠났던 것이다.

자제하는 것은 무영검가 집에서도 매일 숨만 쉬면 질리도록 했던 일이다.

한마디로 그녀는 자유분방함이 그리워서 집을 떠났다. 그녀는 지금 누구의 간섭도 받지 않으며 최고의 자유를 누리고 있다.

"끄윽~ 얘 말이냐? 열아홉 살이야… 아니, 이제 한 살 더 먹어서 스무 살이로구나……."

독고지연보다 더 취했으면 취했지 절대로 덜 취하지 않은 녹상이 아이 다루듯이 도무탄 궁둥이를 톡톡 두드리면서 장단을 맞추었다.

"쳇! 이제 보니 나보다 겨우 한 살 많은 거 갖고 그 난리를 친 거야?"

"꺼윽… 난리? 무슨 난리?"

"글쎄 나한테… 이년 저년 그러잖아……."

툭툭툭…….

녹상은 또 도무탄의 궁둥이를 두드리면서 이번에는 뺨에 뽀뽀를 했다.

"그러면 못 써요. 무탄아; 다음부터 연아한테 그러지 마. 알았지?"

"아하하하하! 오빠를 아이처럼 다루네?"

"오빠는 무슨… 친오빠 아냐."

녹상의 말에 취중에도 독고지연과 소연풍의 동작이 뚝 동시에 멈추었다.

"친오빠 아니면 뭔데?"

"그냥 오빠야. 의남매 같은 거."

소연풍과 독고지연은 서로의 얼굴을 마주 쳐다보면서 그러면 그렇지 하는 표정으로 고개를 끄떡였다.

"아… 그러니까 친남매끼리 정사를 한 것이 아니었구나?"

"끄으~ 우리 정사 안 했어… 그냥 하는 체한 거야……."

"하는 체? 왜?"

"어어… 그건……."

아무래도 녹상이 독고지연보다 더 취한 것 같았다.

第二十二章

목을 죄어오다

보화와 소진은 일찌감치 취해서 둘이 먼저 자러 갔으며, 그 다음에 막야와 막사, 궁효가 차례로 떨어져 나갔다.

소연풍과 독고지연, 그리고 녹상은 오늘 밤 술을 마시는 데에는 공력을 일체 사용하지 않았기 때문에 도무탄처럼 모두 대취해 버렸다.

"아아……."

아침에 독고지연은 머리가 깨질 것 같은 고통에 잠에서 깨어 눈을 떴다가 소스라치게 놀라고 말았다.

누군가의 품에 푹 파묻혀서 자고 있는 자신의 모습과 바로 앞에 녹상이 자고 있는 것을 발견했기 때문이다.

그녀와 녹상은 똑바로 누워서 자고 있는 누군가의 품에 안겨 마주 보면서 누워 있는 자세다.

심장이 마구 두근거리는 독고지연이 살짝 고개만 들고서 바라보니까 도무탄이 가늘게 코를 골면서 깊이 잠들어 있는 턱이 보이고, 그녀와 녹상은 그의 양팔을 베고 그의 품에서 자고 있었다.

'미쳤어…….'

녹상은 몸의 앞면 절반을 도무탄 몸 위에 얹은 자세로 자고 있는데 그걸 보면 독고지연도 자신의 현재 모습이 대충 상상이 됐다.

아니, 움직이지 않은 채 눈을 깜빡거리면서 자신의 현재 상황을 가늠해 보니까 독고지연은 아예 가슴 전체를 도무탄의 옆구리와 가슴에 얹은 모습이다.

'세상에… 이게 어떻게 된 거지?'

그녀는 지난밤에 점점 술이 취해가는 도중에 어쩌면 자신이 술에 취해서 끝에는 소연풍하고 같이 잠을 자게 될지도 모른다는 생각이 들었었다.

그렇지만 소연풍은 그녀가 스스로 허락하지 않는 한 절대로 육체를 범하지 않을 것이라고 믿었다.

뿐만 아니라 그녀가 인사불성이 되도록 취하더라도 잘 부축해서 재워줄 것이라고 예상했었다.

그런데 그 예상들이 빗나가 버렸다. 그녀는 소연풍하고 같이 자지도 않았으며, 그렇다고 혼자 자지도 않았다.

더구나 소연풍은 취한 그녀를 안전하게 잘 수 있도록 잘 배려하지도 않았다.

'홍! 소연풍, 정말 이럴 줄 몰랐어.'

그녀는 속으로 부질없는 냉소를 치고서도 그냥 도무탄의 옆구리와 가슴에 자신의 가슴을 짓누른 상태에서 계속 누워 있었다.

마음은 벌떡 일어나고 싶은데 머리가 깨질 것 같고 속이 메스꺼워서 꼼짝도 할 수가 없다.

조금 정신을 차린 후에 운공조식을 해서 숙취를 몰아내야지만 괜찮아질 것 같았다.

그때까지는 어쩔 수 없이 이대로 잠자코 있으면서 도무탄이나 녹상이 깨어나지 않기를 바라는 수밖에 없다.

손가락 두 마디밖에 안 되는 거리에서 새근새근 자고 있는 녹상의 모습이 무척이나 행복해 보였다.

그러고 보니까 한 가지 이상한 게 있다. 지금 독고지연은 매우 편안함을 느꼈다.

평상시에 잠을 잘 때에는 제아무리 비단금침에 좋은 침상에서 잠을 자도 어딘가 조금은 불편했었는데 지금은 편안하기가 그지없다.

머리가 깨질 것 같고 속이 메스꺼운 것도 조금 전에 고개를 조금 들었기 때문에 느낀 것이지 지금처럼 움직이지 않고 가만히 있으면 몸도 마음도 깊은 나락으로 가라앉는 것처럼 너무나 편안했다.

'남자의 품이……'

독고지연은 젖먹이 때를 제외하고는 지금까지 한 번도 남자 품에서 자본 적이 없었기 때문에 그것이 어떤 기분인지 전혀 모르고 있었다.

'도무탄의 품속이 이렇게 편하다니……'

낯선 남자에게 온몸을 그것도 젖가슴 두 개가 다 짓이겨지도록 밀착시킨 채 안겨 있는 자세가 이다지도 편하다는 사실에 그녀는 머리가 혼란스러웠다.

이것은 도대체가 말이 되지 않는다. 지금까지 그녀를 지탱해왔던 정신과 사상을 뿌리째 뒤흔들어 버리는 일이다. 그래서 인정할 수가 없다.

어쨌든 그녀는 눈을 꼭 감고 가만히 있었다. 지금은 숙취 때문에 제정신이 아니라서 이런 자세가 편안하게 느껴지는 것일지도 모른다는 생각이 들었다.

그런 생각을 하면서도 자신이 이 상황을 최대한 유리하게 해석하려고 발버둥치고 있다고 느껴졌다.

그때 문득 아주 흐릿하게 어떤 날카로운 기억이 마치 송곳처럼 뇌리를 찌르며 떠올랐다.

"연아… 우리 무탄… 오빠하고 같이 잘까?"

"헤헤… 그래볼까나?"

"딸꾹… 우리 둘이 양쪽에서… 꼭 껴안고 자자……."

"끄윽… 도무탄 자는 모습 되게 귀엽다… 그치……."

독고지연은 자신이 그렇게 말하면서 바보처럼 웃었던 기억의 한 부분이 생생하게 떠올라서 얼굴이 하얘지면서 눈이 번쩍 떠졌다.

'미쳤어… 미쳤어…….'

술이 아주 엉망진창으로 취해서 그녀와 녹상이 얼싸안고 떠들면서 도무탄이 자고 있는 침상으로 기어오르던 생각이 툭툭 끊어지다가 이어지면서 어렴풋이 났다.

얼마나 술이 취했으면 제 발로 도무탄이 자고 있는 침상에 기어올라 녹상과 함께 양쪽에서 그를 끌어안고 잠이 들었다는 말인가.

하기야 그 정도로 만취했으면 그건 독고지연이 아니라 전혀 다른 사람이다.

"음......."

그때 녹상이 낮은 신음을 흘리면서 약간 몸을 뒤척였다.

그 바람에 여태까지 잠들어 있던 독고지연의 온몸의 모든 감각이 와르르 깨어났다.

"......!"

원래 같은 자세로 오랫동안 있으면 감각이 무뎌져서 자신의 몸이 어떤 상황에 처해 있는지 구체적으로 그리고 자세하게 느끼지 못하게 된다.

그런데 방금 녹상이 약간 뒤척이는 바람에 독고지연은 두 가지 놀라운 사실을 느끼게 되었다.

그녀는 도무탄의 허벅지에 한쪽 다리를 얹고 있었는데 그런 자세 때문에 그녀의 다리가 벌어져서 은밀한 부위가 그의 허벅지 바깥쪽에 밀착되어 있었다.

말하자면 그의 단단한 허벅지를 그녀의 허벅지 사이에 꽉 끼고 있는 것이다.

그것만으로도 그 자리에서 혀를 깨물고 자결을 해도 모자랄 판국인데 그보다 더 엄청난 일이 있다.

그녀의 손에 뭔가가 붙잡혀 있었다. 크고 단단하고 뜨거운 것인데 난생처음 느끼는 물체고 감촉이다.

그녀는 바보도 어린아이도 아니다. 자신의 오른쪽 다리가 올려 있는 도무탄의 허벅지 조금 위쪽에 손이 가 있는 것으로 미루어, 그곳에 있음직한 그녀가 잡고 있는 물체, 아니, 그의 신체 부위는 하나밖에 없다.

순간 그녀는 머리가 새하얘졌다. 그리고 그래서는 안 되는데도 상체가 저절로 스르르 일으켜지면서 덮고 있던 이불이 걷어지며 눈이 가장 먼저 자신의 손이 잡고 있는 그곳으로 향했다.

"……."

어째서 불길한 예상이라는 것은 언제나 이리도 잘 들어맞는 것인지 모를 일이다. 지금 그녀의 손은 도무탄의 바지 괴춤 속으로 손목까지 깊숙이 들어가 있는데, 구태여 눈으로 보지 않아도 그녀가 꼭 잡고 있는 것이 도무탄의 음경이라는 사실을 너무도 잘 알 수 있었다.

또한 그녀의 손 아래에 다른 손이 음경을 잡고 있는 것이 느껴졌으며, 그게 누구 손인지는 굳이 길게 생각해 볼 필요가 없다.

그럴 사람은 녹상뿐이고 그녀의 손이 독고지연의 손과 함께 도무탄의 괴춤으로 들어간 모습이 잘 보였다.

이 광경을 보면 도무탄이 스스로 잠든 두 여자의 손을 끌어다가 자신의 음경을 잡도록 하지는 않았을 것이라는 사실을 충분히 짐작할 수 있다.

독고지연은 불에 덴 듯이 음경에서 손을 놓으며 괴춤에서 손을 빼고는 구르듯이 침상에서 내려왔다. 아니, 허둥거리다가 굴러떨어졌다.

그녀는 침상 아래 어지럽게 널려 있는 옷 위에 주저앉았다가 그것이 자기 옷과 녹상의 옷이 뒤섞여 있다는 사실을 알게 되었다.

그제야 그녀는 자신이 실오라기 한 올 걸치지 않은 나신이라는 사실을 깨달았다.

술이 만취해서 벌인 그 모든 추태를 더구나 벌거벗은 상태로 저질렀던 것이다. 한심하기 짝이 없는 일이다.

그녀는 반쯤 정신이 나간 상태에서 주섬주섬 자신의 옷을 찾아 손에 쥐고 일어섰다.

그때 그녀는 녹상도 나신이며 한쪽 다리를 도무탄의 허벅지에 얹고 한 손으로 그의 발기한 음경을 꼭 잡고 있는 광경을 보았다.

방금 독고지연이 급히 손을 빼는 바람에 바지 위쪽이 약간 뒤집어지면서 그런 은밀한 광경이 드러난 것이다.

녹상의 손 위로 드러난 음경, 조금 전까지 독고지연의 손이 꼭 잡고 있었던 부위가 그녀의 눈동자 속으로 아프게 후벼들었다.

그때 문득 어젯밤에 있었던 어떤 상황이 독고지연의 뇌리를 번갯불처럼 환하게 밝혔다.

"으흐흐… 연아… 우리 둘이서 무탄이 잡아먹을까……?"

"혜혜혜… 우리가 도무탄을 겁탈하는 거야?"

"우혜혜… 그래… 네 생각은 어때?"

"찬성이야… 나한테 이년 저년 했으니까 나쁜 놈은 잡아먹어야
돼……."

독고지연은 그 자리에서 혀를 깨물고 죽고만 싶다는 생각
밖에 들지 않았다.

녹상하고 그렇게 대화했었던 기억이 어렴풋이 나긴 하지
만 그렇게 말했던 것은 자기가 아니라 자신 속에 살고 있는
또 다른 악마인 것 같았다.

천 년 동안 열 번의 삶을 연거푸 산다고 해도 절대로 입에
올릴 수 없는 말을 하룻밤에 술 마시고 만취하여 오물처럼 쏟
아 뱉다니 믿을 수가 없다.

'죽어라, 독고지연. 너 같은 것은 살아 있을 가치가 없다.'

그녀는 일그러진 얼굴로 말과 생각의 비수를 자신의 심장
에 깊숙이 꽂았다.

소연풍은 진시(辰時:아침 8시경)가 돼서야 서둘러 서림장으
로 돌아왔다.

그는 서림장에서 그리 멀지 않은 야산에서 밤새 칠성검으로 검술연마를 했었다.

사실 그는 칠성검을 처음 손에 잡는 순간부터 그것으로 검술을 구사해 보고 싶어서 온몸이 근질거렸었다.

하지만 생애 최초로 사귄, 그리고 그에게 전설의 칠성검을 선뜻 선물한 도무탄과 술을 마시면서 대화를 나누는 것도 그것만큼 중요하기에 꾹 참았다.

그리고 술자리가 끝나자마자 독고지연이 녹상과 함께 어깨동무를 하고 자러 가는 것을 보고는 운공조식으로 취기를 깡그리 몰아낸 후에 서림장 근처의 야산으로 가서 밤새도록 실컷 원 없이 칠성검을 휘두르고 온 것이다.

지금 그는 어젯밤에 칠성검을 처음 손에 잡았을 때보다 백배 이상 더 칠성검이 마음에 쏙 들었다.

수천 년 전에 칠성검은 장차 태어날 소연풍을 위해서 만들어진 것 같았다.

그리고 소연풍은 자신을 기다리고 있는 칠성검을 만나려고 이 세상에 태어난 것이 분명했다.

그가 서림장에 돌아왔을 때까지도 도무탄은 자신의 방에서 혼자 자고 있었으며, 녹상은 씻지도 않은 부스스한 모습으로 정원을 어슬렁거리고 있다가 들어오는 그를 힐끗 쳐다보고는 시선을 돌려 버렸다.

그런데 한 가지 이상한 일은 독고지연이 감쪽같이 사라지고 없다는 사실이었다.

녹상이 깨어나서 찾아보았을 때도 보이지 않았다고 하니까 그녀는 일찍 서림장을 떠난 것 같았다.

소연풍에게 말 한마디 없이 홀쩍 떠나다니 대체 그녀가 왜 그랬는지 이해할 수가 없었다.

"언니, 오라버니께선……."

"네가 오빠 깨워서 데리고 나와라."

소진이 묻자 녹상은 식탁에 앉으면서 심드렁한 얼굴로 소진에게 시켰다.

녹상은 자신이 도무탄을 깨울 수도 있지만 지금은 그러고 싶지 않았다.

사실 지금 녹상의 심정은 매우 복잡한 상태다. 그녀는 독고지연이 방을 나가고 나서 일각쯤 후에 깨어났으며, 독고지연이 했던 전철을 고스란히 밟고서 서둘러 일어나 방을 나섰다.

같은 상황이었다고 해도 녹상은 독고지연만큼 놀라고 황당하지는 않았다.

독고지연은 도무탄이 생판 낯선 남자이지만, 녹상에겐 여러모로 친숙한 사내이기 때문이다.

더구나 그녀는 도무탄하고 진짜 정사에 가까운 행위까지

한 적이 있지 않은가.

하지만 그것은 어디까지나 그때의 위급한 상황을 모면하려고 궁리해 낸 작위적인 행동이었을 뿐이다.

거기에는 정사를 하는 남녀에게 꼭 필요한 사랑이 결여되어 있었다.

녹상은 늘 도무탄과 함께 잠을 잤었기 때문에 그의 품에 안긴 것은 놀랄 일이 아니다.

그러나 그녀가 실오라기 한 올 걸치지 않은 나신으로 그의 음경을 만지고 있었다는 것은 백 번을 양보해도 놀라운 일이 분명하다.

그녀는 취중이나 잠결에 하는 행동은 본성을 대변하는 것이라고 알고 있다.

그렇다면 그녀의 본성은 평소 도무탄에게 그런 짓을 하고 싶었다는 뜻이다.

지금 그녀가 심각하게 골몰하고 있는 것은 두 가지다. 자신이 도무탄하고 진짜로 정사를 했느냐는 것과 만취 상태에서 그런 짓을 했다는 것은 자신이 평소에 도무탄하고 정사를 하고 싶어 했기 때문이 아니었을까 하는 것이다.

그녀는 아직까지 남자를 모르는 순결한 처녀지신이다. 더구나 가르쳐 준 사람이 없기 때문에 남녀의 정사에 대한 지식도 지나칠 정도로 일천하다.

그 무식이 어느 정도냐 하면 순결한 여자가 처음으로 정사를 하면 처녀막이 파괴되어 앵혈을 흘린다는 사실조차도 모르고 있다.

'대체 어쩌자고 그런 짓을……'

녹상은 고개를 푹 숙인 채 자꾸만 자신을 자책했다.

도무탄이 소진의 부축을 받으면서 실내로 들어서다가 식탁에 앉아 있는 소연풍을 발견하고 벙긋 웃었다.

"소 형, 잘 잤나?"

소연풍은 환한 미소로 화답했다.

"어서 오게. 나는 잘 쉬었네."

슥—

도무탄은 언제나 그랬던 것처럼 녹상 옆에 앉으며 빙그레 미소 지었다.

"상아, 잘 잤느냐?"

그는 손을 그녀의 허벅지 안쪽으로 슬쩍 집어넣어서 부드러운 허벅지살을 손바닥 안에 가볍게 잡았다. 그 바람에 손의 새끼손가락 바깥쪽이 옥문에 살짝 닿았다.

"……"

순간 녹상은 정신이 번쩍 들면서 온몸이 빳빳해졌다.

그것은 도무탄이 평상시에도 허물없이 하는 행동인데 지

금의 녹상에겐 전혀 다르게 받아들여졌다.

즉, 순결을 가져간 남자가 여자에게 매우 친근하게 행동하는 것으로 느껴졌다.

'나는 정말 해버렸구나…….'

오늘 아침 따라서 도무탄은 아침 식사를 하는 내내 녹상의 허벅지를 자주 만졌다.

*   *   *

십팔복호호법은 최대의 위기에 직면했다.

태원성을 중심으로 인근에서는 녹향이나 권혼의 흔적을 더 이상 발견할 수 없기 때문에 이제 그만 철수해야만 하는 상황이다.

그러나 철수를 하긴 하는데 녹향의 행방을 모르기 때문에 다음에는 어디로 가야 할지 알 수가 없다. 지난 삼 년 반 동안 이런 경우는 단 한 번도 없었다. 그야말로 낭떠러지 끝에 몰려 있다.

태원성 서문인 진무문(振武門) 근처에 위치한 호수 영지(永池)의 송림 안에는 십팔복호호법 세 명의 분장승인 지공과 현공, 정공이 모여서 풀밭에 앉아 있다.

어젯밤에 난촌 서림장에 다녀온 이후 십팔복호호법은 아

무엇도 하지 않고 이곳 영지 옆 송림 안에서 휴식을 취하고 있는 중이다.

이곳에는 지공과 현공, 정공 세 무승만 보이지만 다른 무승들은 송림 안 깊숙한 곳에 흩어져서 오랜만의 휴식을 취하고 있다.

바삐 움직여야 할 십팔복호호법 무승들이 이곳에 모여 있는 이유는 마땅히 할 일이 없기 때문이다.

희미한 흔적조차 없는 녹향을 찾아서 보름여 동안 그만큼 태원성 안팎을 발품 팔면서 돌아다녔으면 이들로서도 할 만큼은 했다. 아니, 그 이상으로 했다.

현공과 정공은 벌써 반 시진째 침묵만 지키며 호수를 응시하고 있는 지공을 쳐다보았다.

이제 지공은 결정을 내려야 한다. 십팔복호호법이 태원성에서 철수하는 결정이다.

사실 결정은 이미 내려져 있다. 이곳에서는 더 이상 할 일이 없으므로 철수할 수밖에 없다.

남은 것은 수석승인 지공이 십팔복호호법에게 철수 명령을 내리는 것이다.

태원성에서의 철수는 녹향의 흔적을 완전히 놓쳤다는 것을 의미한다.

그래서 소림사로 돌아가야 하는 것을 뜻하기 때문에 지공은 섣불리 명령을 내리지 못하고 있다.

추적 실패. 그런 오명을 안고 소림사로 돌아가야 한다는 것이 그로서는 견딜 수가 없다.

지공은 보름 전쯤에 녹향의 흔적을 쫓아서 태원성에 도착한 직후부터 어젯밤에 서림장에 가서 해룡방주 도무탄을 만나기까지의 과정을 차근차근 되짚어보았다.

그동안 몇 번이나 소가 되새김질을 하듯이 반추하고 또 반추해봤지만 늘 결론은 하나로 귀결되었다.

녹향은 태원성에 온 것이 분명하다. 태원성 남쪽 오십여 리 지점에 있는 촌락의 어느 집에서 먹을 것을 훔친 것이 녹향이 남긴 마지막 흔적이었다.

이후 그의 흔적은 북쪽으로 향하는 듯하다가 태원성에서 뚝 끊어지고 깨끗이 사라졌다. 어쨌든 그것은 녹향이 태원성까지 왔다는 것을 증명하고 있다.

그런데 거기에서부터가 문제다. 녹향이 온 태원성의 남쪽을 제외한 북쪽과 서쪽, 동쪽 어느 방향에서도 그가 나간 흔적이 없는 것이다.

그런데도 그의 흔적이 태원성에는 단 하나도 그리고 추호도 남아 있지 않았다.

그것은 두 가지 경우를 의미한다.

첫째는 녹향이 태원성에서 동조자를 구해서 그의 도움으

로 흔적을 말끔히 지우고 잠적했다는 뜻이다.

녹향은 지난 삼 년여 동안 도주하면서 한 번도 동조자를 구한 적이 없었다.

그런데 새삼스럽게 이제 와서 동조자를 구했다는 것은 어딘가 이상한 일이다.

아니면 궁지에 몰려서 더 이상 도망갈 곳이 없다 여기고 동조자를 구했을 수도 있다.

그 경우에는 그가 지니고 있는 권혼을 매물(賣物)로 내놓아서 동조자를 구했다고 봐야 한다.

녹향은 그것 말고는 이렇다 할 팔 물건이나 동조자를 현혹하여 끌어들일 방법이 없다.

소림사와 개방이 자세히 알아본 바에 의하면 그를 도와줄 만한 친구도 없다.

더구나 녹향은 매우 탐욕스러운 인물이기 때문에 돈을 포기하고 자신의 안전만을 요구할 인물이 아니다.

그러니 그는 태원성의 누군가에게 권혼을 건네주는 조건으로 자신의 안전과 더불어서 크게 한밑천을 요구했을 테고, 지공 등은 태원성에서 그 정도를 해결해 줄 만한 거물을 몇 명 물망에 올려서 점점 좁혀본 결과 마지막에 한 명으로 좁힐 수 있었다.

해룡방주 무진장 도무탄이다. 그는 방현립을 비롯한 자식들과 제자들을 주먹으로 때려죽이고, 심지어 천상옥화의 가슴을 때리고 짓이겨서 갈비뼈 여덟 개를 박살 내 그녀를 죽음의 위기로 몰아넣은 적이 있었다.

'해룡방주 무진장……'

지공은 오늘 이 자리에서만 벌써 열 번도 넘게 그 이름을 입속으로 중얼거리고 있다.

자꾸 그 인물이 마음에 걸리고 눈에 밟힌다. 무공은 모르면서 돈만 많은 그 인간이 말이다.

녹향의 흔적이 태원성에서 깨끗이 사라졌다는 사실이 두 번째로 의미하는 것은 그가 이곳에서 죽었을 경우인데 이것은 설득력이 크다.

그래서 그가 태원성으로 들어온 흔적은 있는데 바깥 그 어디로 나간 흔적은 없는 것이다.

그랬을 경우에 누가 녹향을 죽였을까. 태원성에는 녹향 같은 일류고수를 상대할 만한 고수가 전무하겠지만 그래도 누군가 녹향을 죽였다면 아무래도 태원성 최고수일 가능성이 크지 않겠는가.

태원성 최고수는 진권문주인 진권대협 방현립이라고 한다. 그래서 지공의 추리에 의하면 방현립이 자신에게 권혼을 팔러 온 녹향을 꼼수를 써서 죽이고 권혼을 쓱싹 차지한 후에 녹향의 시체를 감쪽같이 묻어버렸다.

이후 방현립과 두 아들, 딸, 제자들은 해룡방주 무진장 도무탄과 그의 여자에게 떼죽음을 당하고 만다. 그래서 도무탄이 권혼을 차지했다.

지공은 권혼이 천신권이 남긴 고금제일의 권법이라는 것을 알지만 그것이 비급인지 아니면 어떤 물건인지 자세히는 모르고 있다.

'도무탄······.'

지공은 다시 한 번 그 이름을 속으로 중얼거렸다. 그의 추리와 생각은 언제나 도무탄이라는 이름으로 귀결되고 있다.

호수 위의 허공을 응시하는 지공의 눈이 좁아지면서 눈빛이 날카로워졌다.

그러나 도무탄이 지공 등에게 보여준 왼손에 끼고 있던 쇄명강으로 만들었다는 장갑이 지공의 모든 의심을 한 번에 날려 버렸다.

도무탄은 지공 면전에서 실제로 쇄명강 장갑의 막강한 위력을 보여주기까지 했는데 그러고서도 그의 말을 믿지 않을 수가 없었다.

"사제."

오랜만에 지공이 착 가라앉은 목소리로 입을 열었다.

현공과 정공은 그가 무슨 명령을 내릴지 긴장하는 표정으로 쳐다보았다.

"도무탄이 끼고 있었던 그 쇄명강으로 만들었다는 장갑에 대해서 조사를 해봐야겠다."

현공과 정공의 눈빛이 흐려졌다. 그들이 보기에 도무탄은 녹향이나 권혼하고는 연관이 없는 게 분명한데도 지공은 괜히 시간 낭비를 하면서 지나칠 정도로 도무탄에게 집착하는 것 같았다.

"사형, 누가 옵니다."

그때 현공이 저 쪽 호숫가에서 한 사람이 경공술을 전개하여 이쪽으로 날렵하게 달려오고 있는 모습을 발견하고 나직이 말했다.

눈을 좁혀서 그곳을 쏘아보던 지공은 달려오는 사람이 개방 태원분타주 독풍개인 것을 알아보았다.

그리고 그의 얼굴이 매우 격앙되어 있는 것을 발견하고 지공은 벌떡 일어섰다.

어쩌면 독풍개가 뭔가 새로운 소식을 갖고 왔을지도 모른다는 생각이 뇌리를 스쳤다.

분타주인 그가 수하들을 시키지 않고 몸소 여기까지 달려온 것을 보면 짐작할 수 있다.

"헉헉헉……."

더구나 그는 지공 등이 있는 곳까지 단숨에 달려와서는 새빨개진 얼굴로 허리를 굽히고 허파가 터질 듯이 거친 숨을 몰아쉬었다. 태원분타에서 여기까지 쉬지 않고 전력으로 달려온 것이 분명했다. 그만큼 중요하고 급한 용무가 있다는 증거다.

슥―

"헉헉헉… 지공승, 이것 좀 보시오."

독풍개는 인사도 하지 않고 품속에서 구겨진 종이 한 장을 꺼내 지공에게 내밀었다.

"헉헉헉… 그 여자를 본 적이 있소?"

독풍개가 내민 종이에는 한 여자, 아니, 소녀의 얼굴이 제법 세밀하게 그려져 있었다.

소녀의 얼굴 그림을 보는 순간 지공은 동공이 크게 확장되면서 머릿속에 한 사람이 떠올랐다.

"이 여시주가 누구요?"

독풍개는 숨을 헐떡이면서도 득의한 미소를 지었다.

"헉헉… 녹향의 외동딸 녹상이오."

"딸?"

지공은 크게 흥분했다.

"틀림없소?"

"본 방의 제남분타에서 직접 확인하고 연락을 해온 사실이니까 틀림없소."

그때 정공이 지공의 손에서 종이를 받아서 들여다보다가

크게 놀랐다.

"사형! 이 여시주는 해룡방주와 같이 있던 여시주가 아닙니까?"

"나만 그렇게 보는 게 아니로군."

정공이 들고 있는 종이에 그려진 얼굴은 녹상과 많이 닮은 모습이다.

"그 여시주 이름이 뭐라고 했는지 혹시 사제는 기억하고 있나?"

"여시주의 이름은 언급한 적이 없었습니다."

독풍개가 끼어들었다.

"해룡방주와 같이 있는 소녀라면 그의 여동생인 도은상일지도 모르오."

"여동생?"

지공은 미간을 찌푸렸다. 종이에 그려진 녹향의 딸이 어제 서림장에서 봤던 소녀하고 많이 닮았으나 그녀가 해룡방주의 여동생 도은상이라면 할 말이 없다. 천하에 닮은 사람은 숱하게 많다. 더구나 그녀는 해룡방주의 여동생이라는 확실한 신분이 있지 않은가.

그렇지만 도무탄이 마차 안에서 그녀와 정사를 나누는 적나라한 광경을 지공은 똑똑히 목격했었다.

그는 평소와는 달리 얼굴을 많이 찌푸린 채 고개를 갸우뚱

하며 중얼거렸다.

"세상에 자기 여동생하고 정사를 하는 남자가 있소?"

그런 말을 입에 담는 것조차도 구토가 나올 것 같다는 표정이다.

거친 호흡이 많이 진정된 독풍개는 고개를 끄떡였다.

"흔하지는 않지만 전혀 없는 것도 아니오. 천하에는 여동생이나 누나하고 혼인하는 사내도 더러 있소. 사촌지간에는 비일비재하고요."

"그렇소?"

소림사에서만 머무는 지공 등은 세속에 대해서는 모르는 것이 많다.

독풍개의 말을 들으면서 수양이 깊은 지공 등 소림무승들은 추악할 정도로 혼탁한 중생을 계도할 임무가 막중하다고 새삼 깨달았다.

독풍개는 개방 태원분타주이지만 해룡방주의 여동생이 급조된 신분이라는 사실을 모르고 있다.

그런 것이 바로 개방하고 전적으로 다른 하오문의 능력이다. 개방은 정보를 직접 수집하는 것이 아니라 하오문에 의존하고 있으므로 그들의 정보를 전적으로 신빙하는 수밖에는 도리가 없다.

"놀라운 소식이 하나 더 있소."

독풍개는 조금 전에 보여준 종이에 그려진 그림은 아무것도 아니라는 듯한 득의한 표정을 지었다.

지공 등이 긴장된 표정을 짓는 것을 보면서 독풍개는 회심의 미소를 흘렸다.

"녹향은 죽었소."

"뭐요?"

지공뿐만 아니라 정공과 현공까지 어이없는 표정을 지으며 독풍개를 쳐다보았다.

"제남분타에서 녹향의 무덤을 찾아내서 파헤쳐 시신까지 확인했다고 하오."

지공은 무거운 목소리로 물었다.

"녹향이 분명하오?"

독풍개는 조금 불쾌하다는 표정을 지었다.

"개방을 뭐라고 생각하는 것이오?"

개방이 조사를 하고 확인한 사실에 대해서 지공 등이 의문을 갖는 것에 대해서 기분이 나쁘다는 뜻이다.

지나칠 정도의 자부심이지만 개방은 그럴 만한 충분한 자격이 있다.

개방의 정보는 백무일실(百無一失), 정확도를 생명으로 하기 때문이다.

구대문파는 정보가 필요할 경우에는 언제나 개방에 신세

를 지고 있다.

그렇다고 해서 개방에 대가를 지불하는 것은 아니다. 다만 나중에 개방이 구대문파의 도움이 필요하게 되면 기꺼이 나서준다.

그래서 무림에서는 구대문파 뒤에 개방을 붙여서 구파일방(九派一幇)이라고도 칭하는 것이다.

"미안하오."

지공은 고개를 숙이며 정중하게 사과했다.

삼 년 반 전에 녹향을 추격하기 시작했을 때부터 십팔복호호법은 개방에게 도움을 받았었다.

그러지 않았다면 십팔복호호법은 제대로 녹향을 추적하지 못했을 터이다. 즉, 개방의 도움에 절대적으로 의지하고 있는 것이다.

십팔복호호법은 녹향을 추적하기 시작한 초창기에 산동성 제남성에 간 적이 있었고 그때도 개방 제남분타의 도움을 받았었다.

그곳에서는 녹향을 거의 잡을 뻔했던 적이 있었다. 지공을 비롯한 소림무승 여섯 명이 녹향을 포위하여 맹공을 퍼부어 부상을 입혔으나 마지막 순간에 그는 기적적으로 도주를 하고 말았었다. 삼 년여 전 일인데도 바로 어제 일처럼 기억이 또렷하다.

지공은 녹향의 죽음을 확인하는 차원에서 물었다.

"그는 왜 죽었소?"

"제남분타의 말에 의하면 삼 년쯤 전에 십팔복호호법이 산동성에서 녹향에게 큰 중상을 입혔던 적이 있었다고 했는데 그런 적이 있었소?"

지공은 고개를 끄떡였다.

"추격을 시작한 지 몇 달 지나지 않았을 때였소. 하지만 그가 포위망을 뚫고 도주한 것으로 봐서 큰 부상이 아닐 것이라고 생각했었소."

"아니오. 녹향은 그때 이후 며칠 만에 죽었소."

정공이 그럴 리가 없다는 듯 손을 저었다.

"그때 빈승들은 며칠 만에 녹향을 다시 발견하여 추격을 개시했으며 녹향은 강소성 남경 방향으로 도주했었소."

독풍개는 단호한 표정을 지었다.

"그때 십팔복호호법이 추격한 것은 녹향이 아니라 그의 딸 녹상이었소."

지공의 안색이 크게 변했다. 개방 제남분타가 발견한 것이 녹향의 시체가 분명하다면, 어이없는 일이지만 십팔복호호법이 지난 삼 년여 동안 끈질기게 추적했던 사람은 녹향이 아니라 그의 딸인 녹상이었다는 얘기다.

녹향은 변장술의 귀재였는데 어느 정도였느냐면 지공은

지금까지도 녹향의 진면목을 모르고 있다. 한 번도 본 적이 없기 때문이며 십팔복호호법은 단지 그가 남긴 흔적을 추적했을 뿐이다.

그러므로 딸이 녹향의 진전을 그대로 물려받았다고 한다면 그녀 역시 진면목이 아닌 여러 모습으로 변장하면서 도주했을 것이고, 십팔복호호법은 그녀가 녹향인 줄로만 알고 추적했을 것이다.

대충 정리를 하자면 이렇다. 삼 년여 전에 녹향은 지공 등에게 포위되어 공격을 받아 큰 중상을 입은 상태에서 딸이 있는 곳까지 간신히 도주한 후에 그녀에게 권혼을 물려주고는 숨을 거두었다.

딸 녹상은 녹향을 은밀한 곳에 매장을 하고 권혼을 지닌 채 집을 떠났다.

그녀가 떠날 수밖에 없는 것은 집에 있다가는 추격대, 즉 십팔복호호법이 들이닥칠 것이기 때문이다.

이후 그녀는 녹향에게 소림사 장경각에 있는 권혼을 훔쳐 달라고 청부했던 인물을 찾아갔었다.

하지만 청부자가 추격대를 두려워한 나머지 권혼을 받는 것을 거부하는 일이 벌어졌다.

녹상은 권혼을 청부자에게 넘기면 한결 홀가분해졌을 텐데 그러지 못했기에 처치곤란의 애물단지 권혼을 지닌 채 또 다시 정처 없이 길을 떠날 수밖에 없었다.

이후 청부자는 추격대에 의해서 죽음을 당하는데 만약 그 자가 권혼을 지니고 있었다면 이후 추격대의 일은 좀 더 수월해졌을 것이다.

그렇게 쫓고 쫓기는 세월이 삼 년여가 흘렀는데 이제 와서 녹향은 이미 삼 년여 전에 죽었으며 십팔복호호법이 죽어라고 쫓던 자가 그의 딸이라는 것이다.

그렇다고 해도 달라질 것은 없다. 이제라도 그런 사실이 밝혀졌으니까 잘된 일이다. 그렇지 않았으면 추격을 포기하고 소림사로 돌아갈 뻔했었다.

마침내 지공은 결정을 내렸다.

"현공 사제, 모두 모이도록 해라."

지공의 내심을 간파한 정공이 염려스러운 표정을 지었다.

"사형, 해룡방주 옆에는 새로 사귄 친구인 무적검룡 소연풍이 있습니다."

정공은 지공의 얼굴이 굳어지는 것을 보면서 말했다. 너무 긴장한 나머지 무적검룡에게 '시주'라는 호칭을 붙이는 것도 잊었다.

"그가 떠나기를 기다리는 것이 좋겠습니다."

지공은 독풍개를 쳐다보았다.

"서림장을 감시하고 있소?"

"어제 지공승이 서림장에 갔을 때부터 줄곧 감시하고 있는 중이오."

"서림장에서 무적검룡이 떠나면 알려주시오."

"알겠소."

"휴우……."

정공은 지공의 양보에 안도의 한숨이 저절로 새어 나왔다. 지공의 강직한 성격이라면 대소림사의 제자들이 한낱 무적검 룡이 두려워서 몸을 사리는 것을 수치로 여겨 그냥 밀고 들어 갈 수도 있기 때문이다. 그렇지만 지공은 자존심보다는 현실 을 선택했다.

정공은 현실적인 결정을 내려준 지공을 위로했다.

"무적검룡은 곧 떠날 겁니다. 그때까지만 잠시 기다립시 다, 사형."

지공은 말없이 고개만 가볍게 끄떡였다.

第二十三章

무도수업(武道修業)

아침 식사 후에 차를 마시는 자리에서 궁효가 소연풍의 눈치를 살피며 조심스럽게 입을 열었다.

"저… 대인께선 홍염도를 찾고 계십니까?"

탁자에는 도무탄과 소연풍이 마주앉아 있고 궁효는 도무탄 뒤에 서 있다.

소연풍은 입에서 찻잔을 떼고 궁효를 쳐다보았다.

"그렇네."

궁효는 몹시 겸연쩍은 표정을 지었다.

"사실… 홍염도가 어디에 있는지 제가 알고 있습니다."

"그런가?"

"어제 낮에 대인께서 본 문에 오셔서 제게 홍염도에 대해서 하문하신 후에 그자가 어디에 있는지 수소문해서 찾아냈습니다."

소연풍은 궁효가 그 사실을 먼저 도무탄에게 보고하여 허락을 받고는 자신에게 말하는 것이라고 짐작했다.

"홍염도가 어디에 있는지 가르쳐 주겠나?"

슥―

"그자는 여기에 머물고 있습니다."

궁효는 종이 한 장을 소연풍 앞 탁자에 펼치고 한 장소를 손가락으로 가리켰다. 거기에는 어떤 장소를 가리키는 약도가 자세히 그려져 있었다.

"고맙네."

소연풍은 종이를 접어서 품속에 갈무리하고는 도무탄을 쳐다보았다.

"나는 차를 마신 후에 떠나야겠네."

"그러게."

소연풍은 도무탄에게 전설의 명검인 칠성검을 받았으면서 인사치레로라도 며칠쯤 그와 같이 있어주려고도 하지 않았고 뭔가 그에게 답례를 하려고 들지도 않았다.

그리고 도무탄 역시 그가 떠나는 것을 그다지 야속하게 생각하지 않는 것 같았다.

"해룡방은 이미 중원에 진출을 시작했으며 나 역시 조만간 무림에 나가기로 결심했네. 우선 낙양에 발판을 마련할 계획이니까 자네가 날 만나려면 낙양의 해룡방 지부에 통지(通知)를 넣어보게."

"그럼세."

소연풍은 고개를 끄떡이고 나서 찻잔에 남은 마지막 차를 마시고는 찻잔을 내려놓았다.

딸깍……

"자네가 무림에 발을 들여놓을 생각이라면 어디에서든 내 이름을 팔아도 좋네."

그의 조용한 말에 도무탄은 빙그레 미소를 지었다.

"고맙네."

도무탄은 무림에 대해서 잘 모르지만 자신이 장차 무림에 나가서 만약 위험에 처하게 되었을 때 상대에게 자신이 무적 검룡의 친구라고 말한다면 큰 도움이 될 것이라는 생각이 들었다.

지금까지 도무탄이 몸담고 있었던 상계(商界)에서도 안면이나 친분은 매우 중요한 역할을 했었다.

생전 처음 보는 사람이라고 해도 상계에서 신용이 좋은 누구누구를 안다든지 아니면 그의 친구라고 하면 절반은 먹고 들어갈 수가 있다.

소연풍의 이러한 배려는 장차 도무탄의 목숨을 살려주게 되거나 그가 위험한 상황에 처했을 때 구해줄지도 모른다.

세상에 목숨보다 귀한 것은 없다. 그로 인해서 도무탄이 생명을 건지게 되는 큰 도움을 받는다면 소연풍은 칠성검을 받은 대가를 치르고도 남는 것이다.

"여기⋯⋯."

슥—

궁효가 소연풍 앞에 질 좋은 묵직한 비단주머니 하나를 공손히 내려놓았다.

"뭔가?"

소연풍의 물음에 궁효는 얼굴을 붉히며 수줍게 두 손을 앞에 모았다.

"여비에 보태십시오."

물론 그것은 도무탄의 배려다. 소연풍은 사양하지 않고 비단주머니를 집어 품속에 넣었다.

"잘 쓰겠네."

도무탄은 대다수의 무인이 가난하다는 사실을 경험으로 잘 알고 있다.

칼 잘 쓰고 무공이 높다고 해서 돈이 저절로 굴러들어 오는 것이 아니다.

무림인도 일을 해서 돈을 벌어야지만 옷을 사서 입고 밥도 사 먹을 수 있는 것이다.

소연풍이 특별하게 돈벌이를 하지 않는다면 그도 돈이 궁하기는 마찬가지일 것이라고 생각하여 도무탄이 금화 백 냥과 은자 백 냥 그리고 은자 만 냥짜리 전표를 열 장쯤 담아주었다.

소연풍이 흥청망청 낭비하지만 않는다면 올 한 해는 너끈히 쓰고도 남을 터이다.

"가겠네."

소연풍은 일어나서 입구로 성큼성큼 걸어갔고 도무탄과 궁효가 뒤따랐다.

소연풍은 도무탄이 장차 무림에 나갈 것이라는데도 무림은 위험한 곳이라고 만류한다거나 이러저러한 것을 조심하라는 식의 주의도 주지 않았다.

그는 천성이 과묵하고 차가워서 자상하다거나 배려심 같은 것하고는 거리가 멀다.

대전으로 나란히 걸어가면서 도무탄이 문득 지나가는 말처럼 물었다.

"혹시 무공이 고강해지는 방법 같은 것이 있나?"

"없네."

소연풍은 물은 사람이 미안할 정도로 냉정하게 딱 잘라서 말했다.

"자네는 어떻게 해서 강해졌나?"

"나는 아직 강하지 않네."

도무탄은 걸음을 멈추었다.

"자넨 무적이지 않은가?"

그의 천진한 항변에 소연풍은 빙그레 미소를 지었다.

"무적이란 없네."

"내 말은 자네가 무적에 가깝지 않으냐는 것이네."

"무적이란 존재하지 않으니까 거기에 가까워지는 것도 존재하지 않는 걸세."

"거참……."

도무탄은 두 팔을 벌려 보였다.

"내 말은, 이제 무공을 배우기 시작하려는 나한테 뭔가 도움이 될 만한 조언을 좀 해달라는 뜻이야."

소연풍은 다시 입구로 걸음을 옮겼다.

"쉬지 말고 연마하고 틈만 나면 싸우게."

"그 계집년은 어떻게 할 건가? 찾아 나설 텐가?"

도무단은 전문 밖으로 나가서 헤어지기 전에 소연풍에게 그렇게 물었다.

'그 계집년'이란 천상옥화 독고지연을 가리키는 것이다.

다른 사람들에게는 천하이미의 한 사람일지 몰라도 도무탄에겐 앞으로도 영원히 '계집년' 일 것이다.

한 번 찍혔기 때문에 골수에 새겨진 첫인상을 어떻게 할 수가 없다.

소연풍은 다른 생각을 하는 듯한 얼굴로 대답했다.

"나는 그렇게 한가하지 않네."

"자네와 그 계집년은 연인이 아니었나?"

"연인은 무슨……."

소연풍은 멀리 청명한 하늘을 바라보았다.

"나는 아직 수업이 끝나지 않았네."

도무탄은 소연풍에 대해서 아무것도 몰랐으나 그는 자신에 대해서 처음으로 말을 꺼냈다.

"무슨 수업?"

"무도수업(武道修業)일세."

소연풍은 거기까지만 말하고 입을 다물었다.

도무탄은 더 묻지 않았으나 그것만으로도 몇 가지 사실을 유추할 수 있었다.

소연풍은 현재 무도수업 중이며, 그래서 천하를 주유하는 것이고, 그렇기 때문에 독고지연에게 연연할 수 없는 것이며, 아직은 미완(未完)이라는 사실이다.

도무탄은 내리쬐는 오전의 따사로운 햇빛 아래에 우뚝 서 있는 소연풍을 그윽하게 바라보았다.

'소 형은 이다지도 고강한데 아직도 미완이며 무도수업 중이라고 한다. 도대체 얼마나 더 강해져야지만 수업을 끝낸다는 말인가.'

까마득히 높은 산의 정상 가까이에 올라가 있는 소연풍 같은 인물도 있는데, 도무탄은 이제 막 무공의 걸음마를 시작한 어린아이 같은 수준이다.

그러나 소연풍이라고 해서 어느 날 갑자기 지금의 굉장한 실력자가 된 것은 아니다.

많은 사람은 소연풍을 무적이라고 평가하지만 정작 그 자신은 무적이란 존재하지 않는다고 말한다. 그것은 겸손해서가 아니라 몇 마디 말로는 설명하기 어려운 그 무엇인가를 깨달았기 때문일 것이다.

슥―

"이제부터 쉬지 않고 연마하고 틈만 나면 싸울 걸세."

도무탄은 아까 소연풍이 조언해 준 말을 힘주어 말하면서 손을 내밀었다.

척!

"또 만나세."

소연풍은 도무탄이 내민 손을 굳게 잡았다가 놓았다.

"보중하십시오."

궁효가 넙죽 허리를 굽혔다.

"대인……."

도무탄 옆에 서 있는 소진은 하루 만에 정이 들어서 눈물을 글썽거렸다.

슥—

소연풍은 커다란 손으로 소진의 머리를 쓰다듬으며 미소를 지었다.

"도 형 잘 보살펴 드려라."

"네, 대인."

소진의 머리에서 손을 뗀 소연풍은 즉시 걸음을 옮기더니 서너 걸음을 걸은 것 같았는데 이미 백여 장 밖의 거리 끝에서 걸어가고 있었다.

그 모습을 보면서 궁효가 혀를 내둘렀다.

"저 모습은 마치 신선의 축지성촌(縮地成村) 같군요."

도무탄은 흐뭇한 미소를 지으며 어깨를 흔들었다.

"내 친구다."

푸드득…….

소연풍을 보낸 도무탄 등이 전문을 닫고 마당을 가로질러 전각으로 걸어가고 있을 때 하늘에서 전서구 한 마리가 곤두박질쳐서 두 사람에게 내려꽂혔다.

"수하들이 보낸 겁니다."

궁효는 그것이 산예문에서 보낸 전서구라는 것을 알아보고 즉시 팔을 내밀어 팔뚝에 앉게 했다.

그런데 전서구 발목에 부착된 대롱에서 돌돌 말린 서찰을 꺼내서 읽던 궁효의 안색이 급변했다.

"대형, 소림무승들이 지금 이쪽으로 오고 있다고 합니다."

도무탄은 뚝 걸음을 멈추었다.

"소림무승? 추격대 말이냐?"

"그렇습니다. 전체 십팔 명이 오고 있답니다."

도무탄의 얼굴에 놀라움이 확 번졌다.

"십팔 명씩이나……."

"그들이 태원성을 출발한 시각으로 미루어 늦어도 반 시진 이내에는 이곳에 도착할 것입니다."

도무탄은 착잡한 표정을 지었다.

"의심을 풀고 떠났던 자들이 다시 온다는 것은 뭔가 확실한 증거를 잡았기 때문일 것이다."

"그런 것 같습니다."

"십팔 명이면 추격대 전원이 아닌가?"

도무탄은 빠른 전각을 향해 빠르게 걸어갔다.

"모두 모이라고 해라."

도무탄 등이 늘 식사를 하는 탁자에는 그를 비롯해서 궁효와 소진, 보화, 막야와 막사가 둘러앉아 있다.

　녹상은 서림장 내에서는 보이지 않았다. 아무 말도 없이 어딜 가거나 훌쩍 떠날 리는 없을 테고, 아마도 근처에 바람이라도 쐬러 나간 모양인데 궁효와 막야, 막사가 아무리 찾아봐도 헛수고였다.

　녹상이 와야지만 이곳을 떠날 텐데 이러지도 저러지도 못하고 있는 중이다.

　"궁효, 야야, 사야. 너희는 태원성으로 가라. 제수씨와 진아를 잘 보호해야 한다."

　녹상을 무작정 기다리고만 있을 수는 없어서 도무탄은 대책을 세우기 시작했다.

　도무탄의 말에 모두들 깜짝 놀라서 그를 쳐다보았다. 그의 말대로 한다면 그는 자기 혼자 아니면 녹상하고 둘이 가겠다는 뜻이 아닌가. 모두 함께 가는 줄 알았던 사람들은 놀라서 허둥거렸다.

　"대형."

　"시키는 대로 해라."

　궁효가 뭐라 하려는데 도무탄은 엄한 표정을 지으며 말도 꺼내지 못하게 했다.

　"날 만나지 못하거든 낙양 해룡방으로 가라."

그 말에 소진과 보화는 더럭 겁먹은 표정을 지었다. 잠시 헤어지는 것이 아니고 일이 아주 크게 잘못될 수도 있다는 생각이 들었다.

"어서 가라."

난데없는 이별이 코앞으로 닥쳐오자 소진은 눈물부터 흘리면서 도무탄에게 안겼다.

"오라버니……."

지금의 소진은 예전의 깡마르고 비루먹은 모습이 완전히 사라졌으나 아무리 잘 먹고 잘 자도 제 나이에 맞게 자라지 못한 키와 체구는 여전히 작고 가녀렸다. 그녀가 키가 매우 크고 체격이 좋은 도무탄에게 안겨 있으니 마치 어린 막내 누이동생이나 딸처럼 보였다.

"대형……."

보화도 눈물을 글썽이며 가까이 다가오자 도무탄이 팔을 뻗어 품에 안았다.

소진하고는 달리 살집이 좋고 사내를 알고 있는 육감적인 보화가 물 먹은 몸을 밀착시키며 그를 올려다보았다.

"몸조심하세요."

"걱정하지 마시오."

그때 저만치에서 팔짱을 끼고 어슬렁거리면서 들어오던 녹상이 그 광경을 보고 뺨을 씰룩이며 이죽거렸다.

"호오… 대낮부터 보기 좋다."

도무탄이 여자 둘을 양쪽에 끼고 희희낙락하는 것으로 오해를 한 것이다.

궁효의 인상이 확 구겨졌다.

"어디에 갔었습니까? 얼마나 찾았는지 압니까?"

이 모든 게 녹상 때문에 일어난 일이고, 또 그녀를 찾지 못해서 다들 노심초사하고 있는데 정작 본인은 이제야 나타나서 도무탄을 이죽거리고 있으니 궁효의 속이 뒤집어지는 것은 당연했다.

그런데도 녹상은 조금도 서두르지 않고 느릿느릿 걸어오며 궁효를 꾸짖었다.

"궁효, 너 태도가 마음에 안 들어."

궁효는 원래 과묵한 성격이지만 지금 같은 경우에는 한마디 하고 싶었다. 하지만 시간이 없는지라 그냥 굳은 얼굴로 중얼거렸다.

"추격대가 오고 있습니다."

"……."

두어 걸음까지 다가온 녹상의 걸음이 뚝 멈춰지더니 얼굴 가득 설마 하는 표정이 거센 바람에 흔들리는 초원처럼 일렁거렸다.

궁효가 고개를 끄떡였다.

"지금 소저가 생각하고 있는 그 추격대가 맞습니다. 소림 무승 십팔 명 전부가 이곳 서림장으로 출발했다는 전서구를 일각 반 전에 받았습니다."

녹상의 눈과 입이 동시에 커지면서 텅 빈 계곡 안에서 흘러 나오는 듯한 써늘하고 횅한 바람이 가슴 한복판을 뚫고 지나 갔다.

녹상은 궁효의 태도가 마음에 들지 않는다고 따끔하게 혼을 내줄 생각이었다.

그런데 사실은 그녀를 찾아 헤매고 또 기다리느라 속이 까 맣게 탄 궁효가 화를 내야 할 처지였다.

"그놈들이 무엇 때문에……."

그녀가 어이없는 듯 중얼거릴 때 도무탄이 빠른 어조로 말을 잘랐다.

"상아, 너는 나하고 가자."

"오빠하고? 어딜?"

도무탄은 대답 대신 궁효에게 지시했다.

"너희는 어서 출발해라."

"대형."

"오라버니……."

궁효와 소진, 보화 등은 발길을 떼지 못하고 머뭇거렸다. 막야와 막사도 도무탄을 걱정하지만 보화와 소진에게 가려서 입도 떼지 못하고 있다.

"그들은 남쪽에서 오고 있을 테니까 너희는 말을 타고 서쪽으로 향했다가 다시 남쪽으로 빙 돌아서 청원현으로 가거라. 그들의 목적은 나하고 상아니까 너희는 괜찮을 것이다. 그리고 뒤는 난촌 사람들에게 맡겨라. 어서 가라."

"그럼……."

궁효와 소진 등은 떨어지지 않는 발걸음을 몇 걸음 떼다가 갑자기 궁효가 소진을 번쩍 안더니 마구 달리기 시작하자 모두 그의 뒤를 따랐다.

도무탄은 궁효 등의 모습이 시야에서 사라지자 반대쪽 문으로 달려갔다.

"우리도 가자."

"어딜 가는데?"

"저들의 반대 방향으로 간다."

"기다려."

탁!

뒷문으로 나가려는 도무탄의 팔을 녹상이 붙잡았다.

"왜 도망치는 건데? 지난번처럼 여기에 있다가 딱 잡아떼면 되잖아."

"딱 잡아떼는 것은 지난번에 이미 했다. 그리고 소림무승들은 그걸 믿고 돌아갔었다. 그때 우린 완벽하게 그들을 속였던 것이다. 그런데도 그들이 다시 온다는 게 무슨 뜻인 것 같으냐?"

"그건……."

녹상은 도무탄처럼 머리가 팽팽 돌아가지 않는다. 짐작은 하겠는데 명확하지가 않다.

그리고 그 짐작이 제발 맞지 않았으면 하고 바라는 마음 때문에 더욱 어수선했다.

"게다가 열여덟 명이 한꺼번에 쳐들어오고 있다. 그건 그들이 뭔가 확실한 증거를 잡았다는 것이다."

"그게 뭔데?"

"그것까지는 나도 모르겠다. 그리고 지금은 머리를 쓸 때가 아니라 무조건 도망쳐야 할 때다. 더구나 지금은 소 형이 없으니까 여기에 앉아 있다가 그들이 덮치면 꼼짝없이 당하고 만다."

"그렇지만 왜 오빠까지……."

"아직도 모르겠느냐? 이제 우리 둘은 한 묶음이다. 같은 운명인 거다."

그는 굳은 표정을 지었다.

"모르긴 해도 추격대는 내가 너에게서 권혼을 사들였다고 의심을 하고 있을 것이다."

도무탄은 녹상의 팔을 잡아끌었다.

"어서 가자."

"오빠가 먼저 뒷담 쪽으로 혼자 뛰어가 봐."

녹상이 눈을 세모꼴로 뜨면서 싸늘하게 말했다.

"왜?"

"오빠 말이 맞는다면 누군가 우리를 감시하고 있을지도 몰라. 그놈을 살려두면 우리가 어디로 갔는지 땡중들에게 알려주겠지."

"그렇구나."

머리는 도무탄이 좋지만 강호 경험은 녹상이 많았다.

서림장 담 밖에는 나무들이 드문드문 서 있는데 거리 쪽 나무 위 나뭇가지에 한 명의 거지가 버젓이 기대어 앉아서 장원 안을 바라보고 있다.

후비적후비적…….

새끼손가락을 콧구멍에 쑤셔 넣고는 얼마나 후비는지 질펵한 소리가 흘러나왔으며, 눈을 반쯤 감고 행복한 표정을 짓고 있다.

그의 행색으로 보아 서림장을 감시하고 있는 개방제자가 분명했다.

그때 갑자기 콧구멍을 쑤시던 그의 동작이 뚝 멈추며 상체를 곧추세웠다.

마당 건너편 전각 뒷문으로 나온 도무탄이 좌우를 두리번 거리더니 좌측 담장 쪽으로 냅다 달리기 시작한 것을 발견했기 때문이다.

개방제자는 콧구멍에서 뺀 손가락을 옷에 대충 슥슥 문질러서 닦더니 조금 긴장된 표정으로 도무탄에게 시선을 고정시킨 채 나무에서 땅으로 훌쩍 뛰어내렸다.

"아……."

그런데 뛰어내리던 개방제자가 눈을 휘둥그렇게 뜨고 놀란 표정을 지었다.

나무 아래에 한 여자, 즉 녹상이 우두커니 서서 올려다보고 있는 것을 발견했고 개방제자는 그녀를 향해서 곧장 뛰어내리고 있는 중이다.

파파팍…….

"흑!"

두 사람이 부딪치기 전에 녹상의 손가락이 보이지 않을 정도로 빠르게 움직이자 개방제자는 뛰어내리는 자세에서 반항도 하지 못하고 마혈이 제압되었다.

그리고는 몸이 뻣뻣해지더니 한 걸음 뒤로 물러난 녹상 앞에 나무토막처럼 나뒹굴었다.

쿵!

"윽……."

녹상은 한쪽 발을 들어서 삼십 대 초반에 세 가닥 염소수염
을 기른 개방제자의 가슴에 얹었다.

척—

"이곳에 너 말고 또 누가 있느냐?"

"으으… 나 혼자뿐입니다……."

녹상은 발에 조금 더 힘을 가하고 얼굴을 차갑게 했다.

뚜둑…….

"사실 대로 말하면 살려주겠다."

뼈 부러지는 소리가 나면서 개방제자는 얼굴이 흑색으로
변하여 신음을 흘렸다.

"끄으으… 정… 말 혼자뿐입니다……."

녹상은 개방제자가 갈비뼈가 부러지면서까지 거짓말을 하
지는 않을 것이라 생각하고 발을 뗐다.

그리고는 누운 자세인 개방제자의 정수리 백회혈을 발끝
으로 짧게 슬쩍 걷어찼다.

퍽!

"끅……."

그녀가 무심한 얼굴로 굽어보는 중에 개방제자는 눈을 허
옇게 뒤집어 까고는 몸을 부르르 떨다가 잠시 후에는 축 늘어
지면서 숨이 끊어졌다.

개방제자가 죽기 전에 실토한 말, 즉 이곳에 개방제자는 자

기 혼자뿐이라는 내용은 사실일 것이다.

녹상은 그가 사실대로 말하면 살려주겠다고 했으나 사혈인 백회혈을 발로 차서 죽여 버렸다.

그녀는 거짓말을 밥 먹듯이 하는 사람이라서 이런 거짓말은 미안함조차도 느껴지지 않았다.

슥―

그녀는 품속에서 하나의 가죽주머니를 꺼내서 열고는 그 속에서 붉은색의 엄지손가락 두 개 두께의 옥병 하나를 꺼내서 마개를 열었다.

그리고는 뚜껑을 열고 옥병을 기울여서 이미 숨이 끊어진 개방제자의 몸 위로 붉은 가루, 즉 화골산(化骨酸)을 조금 그러나 골고루 뿌렸다.

치치이이…….

그러자 시체에서 푸르스름한 연기가 매캐하게 뿜어 나오면서 타들어갔다.

그렇지만 실제로는 불에 타는 것이 아니라 화골산의 강력한 산성에 뼈와 살이 녹아버리는 것이다.

녹상은 서너 걸음 물러나 멈춰서 시체와 옷이 완전히 녹아서 수북한 뼈 무더기가 될 때까지 기다렸다가 다가가서 발로 콩콩 밟아 가루로 만들었다.

개방제자를 속인 것이나 그를 죽이고 또 시체를 한 줌의 뼛

가루로 만들어 버린 것에 대해서 녹상은 추호도 죄의식을 느끼지 않았다.

"헉헉헉⋯⋯."

평소 도무탄의 체력은 꽤 좋은 편인데 일각 정도 달리고 나서 숨이 턱에 찼다.

체력이 아무리 좋다고 해도 일각 동안이나 쉬지 않고 전력으로 달리면 다른 건 몰라도 우선 숨이 차고 허파가 터지기 직전까지 도달한다.

"업혀."

마음이 급한 녹상이 그의 앞에서 등을 내밀었다.

턱⋯⋯.

"으⋯ 헉헉헉⋯ 괜찮겠냐?"

도무탄은 고꾸라지듯이 앞으로 엎어지면서 두 손으로 녹상의 양쪽 어깨를 붙잡았다.

기진맥진한 그는 달리는 것을 멈추자마자 쓰러질 지경이었지만 녹상을 붙잡는 바람에 쓰러지는 것을 면했다.

그런데 어깨를 붙잡는다는 것이 의도한 대로 되지 않고 상체가 많이 숙여지면서 손으로 가슴을 붙잡고 팔로 안아버리는 자세가 되고 말았다.

하지만 그런 정도로는 도무탄이나 녹상 둘 다 전혀 개의치 않았다.

"잘 붙잡아. 다리 들고."

그녀의 주의를 듣자마자 도무탄은 젖가슴을 놓고 그녀의 양어깨를 잡았으며 두 다리를 번쩍 들어 올렸다.

휘익!

그 순간 그녀가 시위를 팽팽하게 당겼다가 놓은 화살처럼 쏜살같이 달려나갔다.

조금 전까지 도무탄이 헐떡이면서 전력으로 달리던 속도보다 최소한 대여섯 배는 더 빨랐다.

그걸 보고 도무탄은 자신도 하루 빨리 공력을 만들어야겠다고 새삼 다짐했다.

그건 그렇고 그는 작은 체구의 녹상에게 업혀 있으려니까 매우 불편했다.

녹상은 보통 여자들 체구지만 그의 키가 지나치게 크고 체격도 당당하기 때문에 마치 어른이 어린아이에게 업힌 것 같은 모습이다.

그녀가 작은 두 손으로 그의 궁둥이를 떠받치고 있을 뿐이라서 달릴 때마다 작은 진동 때문에 그의 큰 몸이 떨어질 것처럼 뒤뚱거렸다.

그는 그녀의 어깨를 붙잡은 채 상체를 꼿꼿하게 세운 자세라서 몸이 좌우로 더 흔들렸다.

"너무 흔들리잖아! 가슴을 내 등에 밀착시키고 잘 잡아봐. 떨어지겠어."

그가 이러다가 떨어지겠다고 생각하고 있을 때 마침 녹상이 주의를 주었다.

누군가에게 업혀서 달릴 때에는 몸이 하나가 되어야만 하는데 그가 상체를 너무 꼿꼿하게 세운 바람에 달리는 그녀도 곤란을 겪고 있었다.

도무탄은 얼른 상체를 최대한 굽혀서 가슴을 그녀의 등에 찰싹 붙였다.

그런데 마땅히 둘 곳이 없는 두 팔이 이리저리 흔들거려서 하는 수 없이 팔을 그녀의 목에 둘렀다.

"캑! 숨 막혀! 목 졸라서 죽일 참이야?"

녹상이 소리치는 바람에 그는 급히 팔을 풀었다.

"젖 잡아."

어정쩡해진 두 팔이 허공을 부유하고 있는데 녹상이 아무렇지도 않게 일러주었다.

지금까지 도무탄이나 녹상이 서로의 몸을 보고 만지며 또 은밀한 행동을 한 것은 다 이유가 있어서였다.

그냥 아무 일도 없는데 서로의 몸을 만지고 희롱을 한 적은 한 번도 없었다.

지금 같은 상황에서는 충분히 이유가 있으므로 그녀의 젖

가슴을 잡아도 된다.

도무탄은 팔을 엇갈려서 왼손으로는 오른쪽 젖가슴을, 오른손으로는 왼쪽 젖가슴을 잡았다.

탁!

"어······."

그때 늘어진 그의 한쪽 발이 땅 위로 솟아 있는 돌부리를 걷어챘다.

만약 발에 쇄명강으로 만든 포말을 착용하지 않았더라면 박살 나는 것은 돌이 아니라 그의 발가락이었을 것이다.

"발 번쩍 들어!"

그녀의 외침과 동시에 도무탄은 두 발을 번쩍 들어 올려 그녀의 허리를 감았다.

第二十四章

오색의 꽃잎 검풍(劍風)

"헉헉… 좀 쉬어야겠어."

반 시진 동안 쉬지 않고 전력으로 경공술을 펼친 녹상은 관도 가장자리에 멈추었다.

하지만 업고 있는 도무탄을 내려놓지 않은 채 길가의 나무를 붙잡고 숨을 헐떡거리기만 했다. 잠시 호흡을 가라앉혔다가 다시 달릴 생각이다.

"헉헉… 목적지가 어디야?"

"청원현이다. 거기에서 궁효 등을 만날 거다."

난촌 서림장에서 궁효 등은 서쪽으로 떠났고 도무탄과 녹상은 줄곧 동쪽으로 가고 있는 중이다.

태원성 북쪽에 난촌이 있고 청원현은 남쪽에 있다. 그러니까 도무탄이나 궁효 등은 추격대인 십팔복호호법이 남쪽에서 오는 것을 피하여 동서로 빙 돌아서 남쪽의 청원현에서 합류하는 것이다.

녹상은 도무탄을 업은 상태에서 주위를 둘러보았다.

"난촌에서 동쪽으로 삼십 리 이상 달려왔는데 이쯤에서 남쪽으로 방향을 꺾어야 하지 않겠어?"

"오 리쯤 더 가면 관도가 두 갈래로 갈라지는데 오른쪽으로 가면 종애(宗艾)라는 마을이 나온다. 거기에서 남쪽으로 꺾으면 된다."

도무탄은 관도로 가려는 것이다. 편한 관도를 놔두고 일부러 험준한 산을 넘어서 갈 필요는 없다.

녹상은 지금까지 달려온 관도의 남쪽을 쳐다보면서 중얼거렸다.

"우린 일체의 흔적을 남기지 않았으므로 땡중들은 우왕좌왕하고 있을 거야."

그녀의 말에 도무탄은 생각나는 것이 있어서 물었다.

"아까 내가 뛰어왔을 때 발자국 같은 흔적이 남았을 텐데 괜찮을까?"

"내가 지웠어."

"응?"

"내가 뒤따라오면서 오빠 흔적 다 지웠다구."

"그… 랬구나."

도무탄은 미안한 생각이 들어서 목소리가 작아졌다. 예전에는 몰랐었는데 무공을 할 줄 모른다는 것이 여러모로 불편하고 또 주위 사람을 여간 귀찮게 만드는 것이 아니라는 사실을 요즘 들어서 절실하게 느끼고 있다.

모든 것이 그런 상황이다. 지금도 그는 공력이 없어서 녹상에게 배우고 익힌 경공술 비류행을 전개하지 못하여 그녀에게 신세를 지고 있지 않은가.

"잘 잡아."

호흡이 안정된 녹상이 다시 출발하려는 듯 그를 고쳐 업으면서 말했다.

도무탄은 몸을 최대한 웅크리면서 가슴을 그녀의 등에 밀착시키고 두 손으로 젖가슴을 움켜잡았다.

"터지겠다."

"미안."

그가 손에서 힘을 조금 빼자 그녀는 씁쓸한 표정으로 중얼거렸다.

"오빠한테 나는 여자도 아냐. 그렇지?"

"어… 그렇지는 않아."

도무탄은 사실 그렇게 느끼지만 그녀가 실망할까 봐 선의의 거짓말을 했다.

"네가 얼마나 여자다운지 설명을 하자면 한도 끝도 없지. 예를 들자면… 에또, 그러니깐 두루……."

그런데 막상 설명을 하려니까 떠오르는 게 없어서 딱히 말할 게 없다.

"위로하지 않아도 돼."

그가 둘러댄다는 느낌을 받은 녹상은 시큰둥하게 말하다가 관도 북쪽에서 두 개의 인영이 이쪽으로 빠르게 달려오는 것을 발견하고 가볍게 표정이 굳어졌다.

두 명 다 남자인데 경공술을 전개하고 있으며 어깨에 도를 메고 있으니 무림인이 분명하다.

녹상이 지켜보고 있는 잠깐 사이에 두 명은 오십여 장까지 다가왔다.

빠르고도 경쾌한 경공술로 미루어 일류고수가 분명했다. 거기까지 다가오자 비로소 도무탄도 그들을 발견하고 몸이 가볍게 경직되었다.

녹상은 두 명에게서 시선을 떼지 않은 채 마주 걸어가기 시작했다.

두 명의 무림인은 서너 호흡 만에 전방 오 장까지 다가왔으며 도무탄과 녹상을 뚫어지게 주시했다.

도무탄과 녹상은 약간 긴장하고 있는 터라서 미처 깨닫지 못하고 있으나 체구가 한 배 반에 달하는 사내가 여자에게 업혀 있고, 더구나 두 손으로 여자의 풍만한 젖가슴을 꼭 잡고 있으니 두 명의 무림인의 시선을 사로잡고도 남음이 있을 터이다.

자신들의 꼴불견을 자각하지 못하고 있는 도무탄은 저놈들이 왜 저리도 뚫어지게 주시하는 것인지 깐깐한 성격만 속에서 불끈거려 불쾌하기도 하고 긴장이 되기도 하여 그들에게서 시선을 떼지 않고 마주 쏘아보았다.

그렇지만 녹상은 그들에게서 시선을 거두고 정면을 주시하며 똑바로 걸어갔다.

눈길만 그들에게 주지 않았을 뿐이지 모든 신경이 다 그들에게 가 있는 상태다.

두 명의 무림인은 지나쳐 가고서도 계속 도무탄과 녹상을 뒤돌아보았다.

도무탄 역시 계속 노골적으로 뒤돌아보았다.

"상아, 따라온다."

그런데 두 명의 무림인이 갑자기 방향을 바꿔 경공을 전개하여 이쪽으로 달려오자 도무탄이 긴장한 목소리로 녹상에게 알려주었다.

[알고 있어.]

고막이 울리는 것으로 미루어 녹상이 전음을 보냈나 보다. 그제야 도무탄은 방금 그녀에게 한 말을 두 명의 무림인도 들었을 것이라고 생각했다.

[내가 경공술을 전개하면 저들을 따돌릴 수 있지만 어째서 우릴 따라오는 것인지 이유를 알아야겠어.]

직업이 도둑인 녹상의 경공술은 가히 일절(一絶)이라고 할 수 있다.

녹상의 말이 맞다. 저들이 그냥 지나쳐서 멀어졌으면 별문제가 아니지만 되돌아서 따라오는 데에는 필경 무슨 이유가 있을 터이다.

[오빠가 나한테 업혀서 젖을 붙잡고 있으니까 이상하게 보일 수도 있겠지.]

녹상은 걸음을 멈추지 않은 채 전음을 보냈다.

'아⋯⋯.'

도무탄은 그제야 그 사실을 자각했지만 그녀의 젖가슴을 놓지는 않았다.

[그렇다면 다행이지만 그게 아니라면 권혼 때문이겠지.]

소림사의 십팔복호호법들이 무엇 때문에 서림장으로 오는 것인지 이유를 모르는 상황에서는 저들 두 명의 무림인의 행동을 예측할 수가 없다.

[오빠, 내가 신호하면 뛰어내려서 길가로 피해.]

녹상의 전음을 들은 도무탄은 그녀가 두 명의 무림인을 죽이든가 제압하려는 것이라고 생각했다.

도무탄은 여전히 두 명의 무림인에게서 시선을 떼지 않고 있었다.

그들이 일 장 뒤쪽까지 도달했을 때 녹상이 번개같이 어깨의 오룡검을 뽑으면서 빙글 뒤쪽으로 몸을 돌리며 전음을 보냈다.

[지금이야!]

슝—

오룡검이 오색의 기운을 흩날리며 뽑히면서 검신이 도무탄의 뺨 옆 손가락 한 마디 거리에서 스쳐 지나자 섬뜩한 기운이 확 끼쳐 왔다.

녹상이 뒤쪽으로 빙글 몸을 돌리는 동작과 도무탄이 그녀의 등에서 뛰어내리는 동작이 일치하여 그는 허공으로 훌쩍 몸이 띄워졌다.

차창!

두 명의 무림인은 예상을 하고 접근했는지 녹상이 발검을 하면서 몸을 돌리는 것과 동시에 그들도 도를 뽑으면서 공격해 왔다.

삼십 대 중반의 몸집이 좋은 두 무림인은 흑의와 자의 경장을 입었으며, 나란히 공격해 오면서도 각기 좌우를 분담하여 한 명은 녹상의 상체를, 다른 한 명은 하체를 공격하는 것으로 봐서 사형제지간이든지 아니면 늘 함께 행동하는 관계가 분명했다.

키이잉—

처음 일검으로 비류검을 전개하여 오른쪽 흑의인을 맹렬하게 공격해 가는 녹상은 예전에는 한 번도 듣지 못했던 검명을 듣게 되었다.

그 소리는 마치 한 마리 창룡이 하늘로 승천을 하면서 내는 울음소리, 즉 용음(龍吟)처럼 신비로우면서도 장엄했다.

그녀는 지금까지 수백 차례나 싸움을 했었고 그때마다 전력을 다했었다.

상대가 강하게 보이든 약하게 보이든 상관하지 않고 온 힘을 기울여서 싸웠는데 그것은 그녀의 좋은 습관이다.

어쩌면 그런 습관 덕분에 그녀가 지금까지 목숨을 부지하고 있는 것인지도 모른다.

지금도 그녀는 자신의 오십 년 공력을 모조리 오룡검에 주입하여 비류검을 전개하면서 흑의인의 목을 베어갔다.

하지만 그것은 단지 육안으로만 그렇게 보일 뿐이다. 비류검은 보이는 것과는 달리 전개하는 사람이 의도하는 방향으로 흘러가기 때문에 실상 그녀가 목표로 삼은 것은 왼쪽의 자의인이다.

휘류릉—

첫 번째 검명에 이어서 두 번째에는 또 다른 음향이 허공을 울렸으며 그런 소리 역시 녹상으로서는 처음 들었다.

그런데 놀라운 일은 다음 순간에 벌어졌다.

녹상은 자신의 공격, 즉 검이 흐른다는 사실을 잘 알기 때문에 왼쪽의 자의인을 보고 있었는데, 오룡검이 자의인에게 도달하기도 전에 검신에서 오색의 흐릿하면서도 얇은 꽃잎 같은 것이 하나 발출되는 것을 발견했다.

파아—

"컥!"

그리고 오색의 흐릿한 꽃잎이 목을 스치자 자의인은 답답한 신음을 토하며 공격해 오던 동작이 뚝 멈추었다.

녹상은 자의인의 목에 가느다란 선이 가로로 그어져 있는 것을 발견하고 오색의 꽃잎이 그의 목을 잘랐다는 사실을 깨달았다.

그녀는 일순 멍해졌다. 분명히 검이 자의인에게 닿으려면 한 자 가량 거리가 있었는데 그전에 목이 잘렸다.

검에서 발출된 오색의 꽃잎은 잘못 본 것이 아니었다. 그게 자의인의 목을 스치니까 목이 잘라진 것이다. 도대체 그게 뭐라는 말인가.

"상아!"

그때 갑자기 도무탄의 다급한 외침이 들려서 녹상은 깜짝 놀라 정신이 번쩍 들며 자신이 현재 싸우고 있는 중이라는 사실을 깨달았다.

쉬익!

그 순간 그녀는 도 한 자루가 자신의 목을 향해 위에서 아래로 비스듬히 그어져 내리는 것을 발견하고 움찔하며 반사적으로 마주 검을 그어갔다.

그와 동시에 아차! 하는 생각이 들었다. 상대는 검보다 대여섯 배 무거운 도를 사용하고, 그것을 허공에서 긴 궤적(軌跡)을 그으면서 그어오기 때문에 족히 수백 근의 힘과 수십 년의 공력이 묵직하게 실렸을 것이다.

그런데 그것을 녹상은 어이없게 검으로 마주쳐 가고 있다. 그것도 창졸간이어서 공력도 제대로 싣지 못했다.

더구나 검을 무기로 삼는 사람은 싸움 중에 도와 부딪치지 않으려고 최대한 신경을 쓴다. 부딪치는 순간 검이 여지없이 부러지기 때문이다. 강도(强度) 면에서 검과 도를 비교할 수는 없다.

카각!

"억!"

그런데 그게 아니다. 이제 막 다급하게 휘두른 검이 수백 근의 힘과 그보다 더 큰 공력을 싣고 그어 내리고 있는 도의 한가운데로 그대로 가르고 지나가 흑의인의 오른팔을 툭 잘라 버렸다.

"......!"

녹상은 조금 전에 자신의 검에서 오색의 꽃잎이 발출되어 자의인의 목을 잘랐을 때보다 더 놀랐다. 그만큼 지금 상황이 절박했었기 때문이다.

하지만 그녀는 싸움 도중에 그것도 공격을 하다가 말고 다른 생각을 하고 있었다.

만약 그것 때문에 죽음을 당했다면 그래도 싸다고 그녀는 자신을 책망했다.

퍽!

"흑!"

녹상은 부러진 반쪽짜리 도를 잡고 있는 오른팔이 팔꿈치 위에서 잘라진 채 뒤뚱거리며 서 있는 흑의인의 복부를 발로 걷어찼다.

흑의인은 뒤로 일 장이나 붕 날아갔다가 땅에 모질게 패대기쳐졌는데 마치 돌멩이에 맞은 개구리처럼 몸이 뻣뻣해지며 신음 소리를 냈다.

녹상은 힐끗 자의인 쪽을 한 번 쳐다보고는 곧장 쓰러져 있는 흑의인에게 걸어갔다.

방금 전에 자의인은 목에 가느다란 혈선만 그어져 있었으나 땅에 쓰러지는 충격으로 목에서 분리된 머리통이 저만치에 얼굴을 이쪽으로 한 채 뒹굴어 있었다.

녹상은 쓰러져 있는 흑의인 가슴에 한쪽 발을 얹고 뺨을 씰룩이며 씹어뱉었다.

척!

"우리가 누구라고 생각한 것이냐?"

도무탄은 그녀에게 천천히 걸어가다가 그녀의 표정을 보고는 얼음으로 만든 칼에 가슴을 찔린 것 같은 써늘한 느낌을 받았다.

그는 녹상이 지금처럼 냉혹하면서도 잔인한 표정을 짓는 것을 한 번도 본 적이 없었다.

그는 어쩌면 저런 것이 녹상의 무림에서의 일상적인 모습일 것이라고 생각했다.

적자생존. 약육강식의 무림에서 살아남기 위해서 취해야 하는 무림의 실체인 것이다.

그러나 도무탄은 이제까지 녹상의 한쪽 면만 보고 그녀를 평가했었다.

그런데 흑의인이 대답을 하지 않고 오히려 그녀를 무섭게 노려보기만 하자 녹상은 차갑게 코웃음을 치더니 그의 가슴을 밟은 발에 약간 힘을 주었다.

우드득······.

"끄으으……."

"나는 꼭 대답을 듣겠다는 것이 아니다."

흑의인의 갈비뼈가 마구 부러지면서 그가 짓이기는 듯한 신음을 흘리자 녹상은 태연하게 중얼거렸다.

"끄으으… 너… 너는… 녹향의 딸… 녹상……."

"……!"

녹상은 적잖이 놀라서 안색이 급변하며 동작을 뚝 멈추었다. 생면부지의 무림인이 그녀의 신분을 정확하게 알고 있다니 쇠망치로 뒤통수를 호되게 얻어맞은 기분이다.

이자와 저쪽에 목이 잘라져서 죽은 자의인은 필경 권혼을 노리고 태원성에 몰려든 무림군웅일 것이다.

그런데 이자들이 녹상의 신분을 알고 있다는 것은 다른 모든 무림군웅도 그것을 알고 있을 것이라는 뜻이다.

"다른 자들도 알고 있느냐?"

"끄으… 그… 그렇다……. 모두들… 너와… 해룡방주… 무진장을 찾으려고… 혈안이 된 상태다……."

"그걸 어떻게 알았느냐?"

"태원… 성에 모인 무림인은… 다 알고 있다……. 누가 최초에 소문을 퍼뜨렸는지는… 모… 른다.."

콰득!

"끅!"

더 이상 알고 싶은 것이 없는 녹상은 흑의인의 가슴을 짓밟
아서 심장과 허파를 터뜨려 즉사시켰다.

녹상은 두 구의 시체와 잘라진 머리통과 팔을 관도 바깥 무
성한 숲 속으로 끌고 들어가서 버렸다.

죽은 자들은 목과 팔이 잘라졌는데도 피가 한 방울도 나지
않았다.

그것이 명검 오룡검의 여러 진가 중에 하나다. 그뿐 아니라
아까 오룡검에서 오색의 꽃잎이 뿜어진 것은 아무리 생각해
봐도 검기는 아니고 검풍(劍風)인 것 같았다.

검풍은 말 그대로 검으로 바람을 일으키는 것이며 그 바람
으로 능히 사물에 위해를 가할 수 있어야 제대로 된 검풍이라
고 할 수 있다.

그렇지만 원래 검풍은 눈으로 볼 수가 없고 검기는 펼치는
사람의 공력의 종류에 따라서 여러 형태로 모습을 드러내기
도 한다.

그런데도 조금 전에는 오색의 꽃잎이 보였지만 그렇다고
절대로 검기일 리는 없다. 검기를 전개하려면 백 년의 공력이
있어야 하기 때문이다.

녹상의 공력은 이제 오십 년이다. 그녀의 나이로 볼 때 대
단한 수준이지만 검풍을 전개하는 데 필요한 최소한의 공력
인 일 갑자에도 못 미치는 수준이다.

그런 공력으로도 아까 검풍을 펼치게 된 것은 순전히 오룡검의 신묘한 능력 덕분이라고 생각한다.

모자란 부분을 오룡검이 채워준 것이다. 그리고 오색의 꽃잎은 오룡검이 선사하는 선물 같은 것일 게다. '나 오룡검이다' 라는 우쭐거림이라고 할 수 있다.

"필경 소림무승들은 상아 너의 신분과 내가 권혼을 가졌다는 사실을 알아낸 것이 분명하다."

도무탄의 나직한 중얼거림이 녹상의 상념을 깼다.

그의 추측이 맞을 것이다. 무림군웅들이 그런 중요한 사실을 알아냈을 리가 없다.

십팔복호호법들은 처음부터 줄곧 개방의 정보와 조력을 받아왔었다. 이번에도 그들은 개방에서 그런 사실들을 알아냈을 것이다.

"어쩌면… 아버지의 무덤을 파헤쳤는지도 모르겠어."

녹상은 결국 거기에 생각이 미쳤다. 그것 말고는 권혼을 갖고 도주하는 사람이 녹향이 아니라 그의 딸이라는 사실에 증거가 될 만한 일이 전혀 없다.

도무탄은 '녹향의 무덤' 에 대해서 자세히 듣지 않았지만 그것만으로도 지금의 사태를 충분히 추리할 수 있었다.

"내가 녹향의 딸이라는 사실을 알아냈다면… 내가 오빠하고 같이 있는 이유를 상상해 내는 것은 그다지 어려운 일이 아닐 거야."

도무탄은 고개를 끄떡였다.

"그렇지. 해룡방주인 내가 돈으로 권혼을 사고 널 옹호하고 있다고 생각하는 것도 어려운 일이 아닐 테지."

"그런데 그걸 무림인들이 어떻게 알았지? 땡중들은 절대로 발설하지 않았을 텐데."

도무탄은 팔짱을 끼고 깊이 생각하다가 이윽고 고개를 끄떡였다.

"개방일 거다."

"개방……."

녹상은 입으로 중얼거리다가 주먹을 꽉 움켜쥐었다.

"그래, 맞았어. 무림군웅 중에 누군가 태원분타의 개방제자를 매수해서 알아냈을 거야."

도무탄은 녹상이 내다 버린 두 구의 시체가 있는 쪽을 굳은 얼굴로 쳐다보았다.

"저자들이 알아낸 건 아닐 거야."

녹상의 시선도 도무탄을 쫓았다.

"최초에 누가 개방제자를 매수했든 지금쯤 무림인들이 모두 알게 됐다고 봐야지."

"그렇다면 여기서 이러고 있을 게 아니다."

도무탄은 주위를 두리번거리다가 조금 전에 자신들이 온

방향, 즉 관도의 남쪽에서 여러 명이 이쪽으로 달려오고 있는 광경을 발견하고 흠칫했다.

"누가 온다."

녹상은 관도의 남쪽뿐만 아니라 북쪽에서도 대여섯 명의 무림인이 달려오고 있는 것을 발견했다.

관도 양쪽에서 달려오고 있는 무림인이 십여 명이 넘을 것 같았다.

그들에게 합공을 당하면 녹상이 아무리 오룡검을 갖고 있다고 해도 낭패를 당할 가능성이 더 크다.

척!

그녀는 급히 도무탄의 손을 잡더니 조금 전 두 구의 시체를 내다 버린 숲 속으로 내달리기 시작했다.

두 사람의 모습은 곧 숲 속으로 사라졌고 잠시 후에 관도 양쪽에서 무림인들이 달려왔다.

그들은 서로를 경계하는 듯 잠시 신경질적인 반응을 보이는가 싶더니 그것도 잠시, 곧 도무탄과 녹상이 향한 숲 속으로 우르르 쏟아져 들어갔다.

산서성은 한가운데를 북쪽에서 최남단까지 가로질러 흐르는 분수 유역만 폭 삼십여 리에 길이 육백여 리에 이르는 낮은 초지가 형성되어 있을 뿐 그 나머지 전 지역은 모두 험준한 산악지대다.

분수를 중심으로 서쪽에는 운중산(雲中山)과 여량산(呂梁山)이, 동쪽에는 항산(恒山), 오대산(五臺山), 태악산(太岳山)의 순서로 북에서 남으로 늘어서 있다.

도무탄과 녹상이 진입한 곳은 오대산의 남쪽과 태악산의 북쪽 연결지점이라서 산세가 험하지 않고 울창한 숲과 구릉으로 줄곧 이어져 있다.

원래 관도로 계속 갔으면 종애라는 산골마을이 나오고 거기에서 남쪽으로 오 리 정도만 가면 분수 상류의 또 다른 물줄기인 인하(潾河)가 나온다.

거기 유차(楡次)라는 포구에서 배를 타거나 관도를 따라 태원성의 남쪽으로 향하면 삼십여 리도 못 가서 약속 장소인 청원현이 나오는 것이다.

그런데 두 사람은 관도를 버리고 산중으로 들어왔기 때문에 더 멀리 돌아야 하거나 아니면 청원현으로 가는 것을 포기해야만 하는 상황이다.

도무탄은 일단 산중으로 들어가서 뒤쫓는 십여 명의 무림인을 따돌리고 난 후에 다시 관도로 나가서 원래 처음 목적지인 종애로 갈 생각이다.

한 시진 후. 두 사람은 뒤쫓는 십여 명의 무림인을 완전히 따돌린 후에 산길을 빙 돌아서 원래 가려고 했던 관도의 앞쪽으로 나아가고 있었다.

"저게 뭐야?"

그런데 산이 끝나는 지점의 약간 높은 능선에서 관도 쪽을 굽어보던 녹상이 어이없다는 표정을 지었다.

대충 세어 봐도 이십여 명 이상의 무림인이 저 아래 숲의 여기저기에 흩어져서 이쪽으로 다가오고 있었다. 저들은 아까 도무탄과 녹상을 뒤쫓던 십여 명의 무림인이 아닌 또 다른 무림인이다.

그리 멀지도 않은 거리라서 녹상 옆에 서 있는 도무탄의 눈에도 이쪽으로 점점 다가오고 있는 무림인들의 모습이 또렷하게 보였다.

이곳에서 무림인들과의 거리는 대략 이백여 장이다. 그 정도 거리면 무림인들도 이곳을 볼 수 있다는 생각이 녹상의 뇌리를 스쳤다.

그때 마침 무림인 두어 명이 고개를 들어 이쪽을 보는 것 같았다.

"숙여."

순간적으로 녹상이 다급하게 도무탄의 팔을 잡으면서 그 자리에 주저앉았다.

두 사람은 자세를 최대한 낮추었지만 자신들이 있는 곳에 바위나 나무 따위 엄폐물이 전혀 없다는 사실을 그제야 깨달았다.

더구나 두 사람의 앞쪽은 점점 가파르게 낮아지는 능선이라서 무림인들이 고개만 들고 위를 쳐다보면 그대로 노출될 수밖에 없는 지형이다.

녹상은 지금 같은 상황에서 무림인들이 이곳을 발견하지 못하기를 바라는 것은 어리석기 짝이 없는 기대라는 것을 잘 알고 있다.

무림인들은 이미 두 사람을 발견했을 것이다. 그렇게 단정하고 그다음 행동을 취해야만 한다.

두 사람이 있는 곳에서 능선 위쪽 오 장여부터는 나무들이 제법 울창하다.

산이 시작되는 그곳에는 크고 작은 나무들이 제법 밀생하고 있어서 숲에만 들어가면 일단은 안심이다.

녹상은 한 손으로 도무탄의 팔을 잡더니 힘껏 땅을 박차며 땅에 낮게 깔린 채 위로 쏜살같이 쏘아갔다.

휘익!

숲에 진입하자마자 뒤돌아본 녹상은 저 아래 숲 속의 무림인들이 경공술을 전개하여 이쪽으로 쏘아오고 있는 광경을 발견했다.

"상아……."

가파른 비탈 나무 사이를 요리조리 빠른 속도로 쏘아 오르고 있는 녹상은 뒤에서 도무탄의 신음 섞인 목소리를 듣고 힐끗 돌아보다가 안색이 변했다.

녹상은 그의 팔꿈치 바로 아래 팔뚝을 잡은 상태에서 내달리고 있는데, 끌려오는 그의 체중을 견디지 못하고 한껏 늘어난 팔이 금방이라도 끊어질 것만 같았다.

"오… 오른팔을 잡아……."

도무탄이 일그러진 얼굴로 말하면서 오른팔을 내밀었다.

녹상은 그의 오른팔을 잡지 않고 아예 신형을 멈추고 얼굴을 찌푸리며 잠시 생각에 잠겼다.

사실 가파른 비탈을 도무탄의 팔을 잡고 달려 오르는 것이 그리 빠르지 않다.

그래서 어떻게 해야 좀 더 수월하고 빠르게 오를 수 있을 것인가 궁리를 했다.

"업혀."

아무리 생각해 봐도 그 방법밖에 없다.

스사삭…….

도무탄이 서둘러 그녀에게 업히는데 아래쪽에서 파공음과 풀잎 스치는 소리가 들렸다.

도무탄을 업은 녹상이 급히 쳐다보자 저 아래 능선이 끝나고 숲이 시작되는 곳으로 대여섯 명의 무림인이 독수리처럼 들이닥치고 있었다.

휘익!

다급해진 녹상은 산 위를 향해 전력으로 쏘아 올랐다.

第二十五章

실전(實戰)

등롱기

"헉헉헉……."

전력으로 경공술을 전개하고 있는 녹상의 입에서 거세게 풀무질을 하는 것 같은 거친 숨소리가 쏟아져 나왔다.

그녀의 경공술이 아무리 일절이라고 해도 도무탄처럼 큰 체구를 업고 가파른 산비탈을 전력으로 오르는 것은 힘에 부칠 수밖에 없다.

그렇지만 무엇보다도 큰 문제는 뒤쫓는 무림인들이 벌써 이십여 장 뒤까지 바싹 가까워졌다는 사실이다.

도무탄은 힐끗 뒤돌아보고는 곧 무림인들에게 따라잡힐

것이라 판단하고 마음이 초조해졌다.

'상아가 지금처럼 극도로 지쳐 있는 상태에서 싸우는 것은 좋지 않다.'

그렇지만 지금으로썬 좋은 방법이 없다.

'어차피 싸워야 할 것이라면 잠깐이라도 쉬게 하자.'

조금 더 도망치다가 지금보다 더 지친 상태에서 싸우게 되는 것보다는 지금이라도 달리는 것을 멈추게 해서 무림인들이 가까이 접근할 동안만이라도 쉬게 하는 것이 좋다는 생각이다.

"상아, 그만 멈춰라."

"헉헉헉… 왜……?"

그녀는 멈추지 않고 계속 달려 올라가며 헐떡거렸다.

"어차피 싸우게 될 거면 적당한 장소에서 놈들을 기다리는 게 좋겠다."

녹상은 힐끗 뒤돌아보더니 즉시 그 자리에 멈추었다. 도무탄의 말처럼 몇 걸음 더 도망쳐 봐야 소용없다는 것을 깨달은 것이다.

"상아, 날 이 나무에 올려다오."

도무탄이 바로 옆에 있는 아름드리 소나무를 가리키자 녹상은 즉시 그를 나무 위로 가볍게 던졌다.

그가 너무 높은 곳에 올라가 있으면 무림인들의 표적이 되

겠지만, 적당한 높이에 있으면 녹상이 싸우는 데 방해를 하지
않으면서도 그녀의 보호 안에 있을 수 있다.

척!

그는 녹상 머리 위 다섯 자 정도 높이의 나뭇가지에 두 발
을 딛고 올라서서 위쪽의 나뭇가지를 굳게 잡고 비탈 아래를
바라보았다.

달려오는 무림인의 수는 이십여 명인데 아까 숲에 있던 자
가 모두 쫓아온 듯했다.

녹상은 도무탄이 올라가 있는 나무 옆에 서서 무림인들을
차갑게 쏘아보면서 거친 호흡을 가다듬었다.

"후우우… 후우우……."

도무탄을 업고 산비탈을 달려 오르느라 조금 전까지만 해
도 허파가 터질 것 같았는데 이제는 호흡이 차츰 안정되면서
마음도 차분해졌다.

"빌어먹을… 이렇게 될 줄 알았으면 설잠운금의라도 입고
있는 건데……."

그녀는 투덜거리다가 나무 위에 있는 도무탄에게 물었다.

"오빠는 설잠운금의 입었어?"

"아니."

"왜 안 입은 거야?"

녹상 자신도 입지 않았으면서 뻔뻔스럽게도 도무탄을 꾸

짖고 있다.

"네가 입지 않은 이유하고 똑같다."

녹상은 설잠운금의를 입고 있었을 때를 생각하면서 오만 상을 찌푸렸다.

"정말 숨 막혀서 죽는 줄 알았어. 오빠는 어째서 그딴 걸 입으라고 만들어 온 거야?"

"그래도 앞으로는 입고 있는 게 좋을 것 같다."

두 사람의 품속에는 잘 접으면 반 주먹도 되지 않는 설잠운 금의가 고이 들어 있다.

처음에 둘이서 한바탕 난리법석을 피우면서 설잠운금의를 입었으나 녹상은 반 시진, 도무탄은 한 시진까지 버티다가 결국은 벗어버리고 말았다.

입고 있으니까 시간이 지날수록 설잠운금의가 점점 더 수축되는 것 같았다. 그래서 팔다리와 몸통을 조이고 나중에는 숨이 턱턱 막혔다.

"큭큭……."

갑자기 녹상이 소리를 죽여서 웃었다.

"왜 웃느냐?"

"아냐. 아무것도… 큭큭큭……."

아무것도 아니라면서 그녀는 더 키득거렸다. 사실 그녀는 도무탄이 알몸에 설잠운금의를 입고서 활과 화살, 즉 음낭과 음경이 끼어서 끊어질 것 같았던 것을 그녀가 손을 넣어서 꺼내줬던 일을 떠올린 것이다.

"끄윽… 끅끅끅……! 가관이었어……."

적들은 점점 가까이 다가오고 있는데 녹상은 웃음이 멈춰지지가 않았다.

슝—

녹상은 겨우 웃음을 멈추고 어깨에서 천천히 오룡검을 뽑아 앞으로 쭉 뻗었다.

후우우…….

마치 착각인 것처럼 검신에서 흐릿한 오색지기가 무지개처럼 흘러나왔다가 씻은 듯이 사라졌다. 그것을 보고 녹상의 투지가 불끈 치솟았다.

"후후… 어디 한번 신 나게 놀아보자."

평소에도 겁이라고는 모르는 성격이며 싸움이라면 물러서지 않는 녹상이다.

그런데 지금은 오른손에 천하에 다시없을 명검 오룡검을 움켜쥐고 있다.

또한 싸움에서 절대적으로 유리한 위치인 언덕의 위쪽에서 있다는 것, 그리고 똑같이 달렸으나 자신은 잠시나마 쉬면서 숨을 고르고 있으며, 무림인들은 여전히 달려 올라오고 있으면서 몹시 지쳤다는 사실 등을 감안하여 한번 붙어볼 만한 싸움이라고 자신감을 불태웠다.

녹상은 오 장여까지 쇄도하고 있는 무림인들을 눈을 새파 랗게 반짝이면서 빠르게 훑어보았다.

'최초의 급습으로 선공해서 두 명 이상 죽여야 한다.'

그녀는 전 공력을 오른팔에 집중시키고 더욱 힘껏 오룡검 을 움켜잡았다.

그러면서 머릿속으로는 재빨리 계획을 세웠다. 벼락같이 아래로 내려꽂히면서 정중앙을 뚫으며 공격을 퍼부은 다음 에, 무림인들이 우왕좌왕할 때 다시 아래에서 위로 휘젓고 올 라오며 재차 공격한다는 것이다.

그렇게 해서 적의 수를 줄여놓으면 그다음부터는 싸우는 것이 한결 수월할 터이다.

'지금이다!'

타앗!

무림인들이 이 장까지 달려 올라오면서 무기를 뽑으려고 손을 어깨로 향할 때 녹상은 오른발로 힘껏 땅을 박차며 내려 꽂혔다.

녹상이 갑자기 자신들의 한복판으로 돌진해 오는 것을 발 견한 무림인들은 움찔했다.

그들은 녹상이 도무탄을 나뭇가지에 올려놓은 것으로 봐

서 제자리에 우뚝 서서 자신들을 맞이할 것이라고 예상했었지, 불리한 상황에서 오히려 혈혈단신으로 선공을 가할 줄은 예상하지 못했었기에 크게 당황했다.

녹상은 무림인들의 한가운데로 돌진하면서 전력으로 비류검을 전개했다.

키우웅!

아까 관도에서 오색 꽃잎으로 자의인의 목을 잘랐을 때와 똑같은 검명이 흘러나왔다.

그렇다면 그다음에는 검신에서 오색의 꽃잎이 뿜어지는 음향이 뒤를 이을 것이다.

녹상이 느닷없이 짓쳐오자 복판의 무림인들은 그녀의 검이 휘둘러지는 사정권에서 벗어나려고 날렵하게 좌우로 갈라지면서 몸을 날렸다.

사아…….

그러나 그보다 빠르게 오룡검이 한 명의 얼굴을 잘랐다. 왼쪽 관자놀이에서 반대편 관자놀이로 수평으로 반듯하게 잘라 버렸다.

그것은 녹상이 의도했던 일이 아니다. 그녀는 얼굴이 잘라져서 죽은 자의 왼쪽에 있는 두 명을 노리고 검풍을 전개한 것이었다.

그런데 검풍이 발출되기 직전에 계산하지도 않았던 한 명을 먼저 죽여 버렸다.

거기에는 그럴 만한 이유가 있는데, 오룡검의 또 다른 진가 하나가 발휘된 것이다.

녹상이 미처 예상하지 못했던 것은, 오룡검이 지독하게 빠르다는 사실이다.

예전에 사용하던 검이었다면 이런 일은 절대로 벌어지지 않았을 것이다.

물론 녹상은 예전에 사용했던 검을 다루듯이 오룡검을 휘둘렀다. 무게도 비슷해서 휘두르는 데 별문제는 없었지만 결과는 전혀 달랐다.

예전의 검이었으면 방금 얼굴이 잘라져서 죽은 자가 충분히 피할 수 있을 정도의 속도였을 테고, 아직도 얼굴까지는 한 자 이상의 거리가 남았을 것이다.

그래서 녹상은 그런 점을 감안하여 그 후방에 있는 자들을 죽이려는 계획이었다.

휘류륭!

오룡검은 한 명의 얼굴을 자르자마자 용트림을 흘리며 오색 꽃잎 한 장을 번쩍 뿜어냈다.

파아아……

"컥!"

"큭!"

납작하고 예리한 오색 꽃잎은 한 명의 무림인 목을 자르고서도 멈추지 않고 뒤쪽 무림인의 어깨로 들어가서 반대쪽 목으로 튀어나가서야 사라졌다.

키아앙!

이미 무림인들 한가운데를 관통하고 있는 녹상은 오룡검을 뒤집으며 또 다른 먹이, 방금 죽인 자들 뒤쪽의 무림인을 향해 재차 비류검을 전개했다.

사실 그녀는 방금 오색 꽃잎 검풍으로 한 명을 죽일 것이라고 계산했었는데 우연찮게도 두 명을 죽이게 되었다. 예상 밖으로 검풍이 강력해서 한 명의 목을 자르고서도 힘이 남아돌기 때문이었다.

설명은 길지만 그녀가 최초에 땅을 박차고 돌진하여 세 명을 죽이기까지는 채 반 호흡도 걸리지 않았다.

휴르릉!

오룡검에서 오색의 꽃잎이 발출하면서 내는 음향은 녹상을 충분히 흥분시켰다.

그녀는 아직까지 정사를 해본 적이 없으며 그래서 절정에 이른 쾌감을 느껴본 적도 없지만, 아마도 지금의 이 느낌이 그와 비슷할 터이다.

"끅!"

쥐어짜는 듯한 신음 소리와 함께 오색 꽃잎 검풍이 또 한 명의 목을 자를 때쯤 녹상은 무림인들 한가운데를 완전히 관통하여 그들의 뒤쪽, 즉 아래쪽에 이르렀다.

처음에는 잘하면 적 두 명을 죽일 수 있을 것이라고 예상했었는데 결과적으로 곱절인 네 명을 순식간에 죽이는 바람에 그녀는 출발이 좋다고 생각했다.

그래서 투지가 상승했으며 이런 식이라면 이 싸움은 그리 오래 끌 것 같지 않았다.

무림인들 한복판을 뚫고 아래로 내려온 그녀는 처음에 계획했던 대로 즉시 빙글 몸을 돌려 방금 지나온 곳이 아닌 조금 다른 방향으로 위를 향해 비스듬히 치고 올랐다.

'어?'

그런데 방금 전하고는 양상이 완전히 바뀌어서 그녀는 움찔 표정이 변했다.

그녀의 느닷없는 그리고 예상하지 못했던 급습에 지리멸렬했었던 무림인들이 그 짧은 순간에 이미 전열을 가다듬어 일제히 무기를 뽑아 들고 사방에서 그녀를 포위하고는 합공을 개시한 것이다.

그녀는 선공으로 급습을 가하면 무림인들이 우왕좌왕할 테고, 그 틈을 이용해서 몇 명을 더 죽이면서 도무탄이 있는 곳으로 되돌아간다는 계획이었는데 일이 이렇게 될 것이라고는 예상하지 못했다.

적들을 과소평가한 게 실수였다. 녹상에게 행운이 따르는 것 같았으나 결과적으로 불운이 되었다.

그런데 그보다 더 낭패스러운 일이 벌어졌다. 녹상을 포위하고 있던 무림인 중에서 일곱 명이 갑자기 도무탄을 향해 달려가는 것이다.

이들 무림인은 두 부류로 나뉜다. 권혼을 녹상이 갖고 있을 것이라고 믿는 자들과 아니면 이미 녹상이 해룡방주 도무탄에게 팔았을 것이라고 생각하는 자들이다.

그래서 전자는 녹상 주위에 남은 것이고, 후자는 지금이 절호의 기회라는 생각으로 도무탄에게 몰려갔다.

'이런 염병할!'

녹상은 얼굴을 있는 대로 일그러뜨렸다. 지금 그녀에게는 도무탄의 안전이 무엇보다도 중요한데 잘못된 계획으로 인해서 그와 십여 장 이상이나 떨어져 버렸으니 속이 새카맣게 탔다.

그녀는 악을 쓰면서 도무탄이 있는 방향으로 돌진하면서 오룡검을 휘둘렀다.

"이놈들아, 무탄이 건드리면 죽여 버리겠다—!"

콰차창—

오룡검에 부딪친 도검 두 자루가 수수깡처럼 여지없이 잘려 나가며 그중 한 명이 오룡검에 가슴이 절반쯤 잘려서 죽으며 뒤로 퉁겨졌다.

"크으……."

그녀 주위에 남은 적은 열 명이었으며 방금 한 명이 죽었
다. 그녀의 검이 명검이라는 것을 알아차린 적들은 두 번 다
시 오룡검과 부딪치려 들지 않았다.

이들이 천신권의 권혼을 차지하려고 변방인 태원성까지
찾아오고, 더구나 십팔복호호법을 뒤따르면서 그 주위에 머
무는 것을 두려워하지 않을 정도라면 한 방면에서 한가락씩
실력을 뽐내는 고수가 분명하다.

그들은 녹상이 희한하고도 무서운 수법을 전개하면서 순
식간에 네 명을 죽이고, 이어서 도검을 수수깡처럼 부러뜨리
며 또 한 명을 죽이는 것을 보고는 우르르 달려들던 기세를
늦추며 극도로 경계했다.

하지만 그 정도에 겁을 먹고 물러설 정도로 형편없는 하수
들은 아니다.

더구나 계학지욕(谿壑之慾), 인간의 욕심은 목숨마저도 도
외시할 지경이다.

그들은 오히려 더욱 공력을 끌어 올리고 엄밀한 포위망을
형성하면서 방금 전보다 훨씬 강력한 합공을 펴부었다.

쉬이익!

쐐액!

그들은 녹상의 오룡검과 부딪치지 않으려고 좌우 측면과 등 뒤 공격에 주력했다.

허공을 가르는 날카로운 파공음들이 그녀의 사방에서 귀신의 울음소리처럼 어지럽게 터졌다.

녹상은 오룡검을 마구 휘두르면서 초조한 표정으로 힐끗 도무탄이 있는 쪽을 쳐다보았다.

우드등—

누군가 도를 휘둘러 도무탄이 올라가 있는 나무의 밑둥을 단칼에 잘라 버리는 광경이 녹상의 눈에 들어와 가슴이 철렁 내려앉았다.

이제 곧 도무탄이 넘어지는 나무와 함께 땅에 쓰러질 테고 일곱 명의 무림인에게 죽음을 당하거나 제압될 것이라는 생각을 하자 녹상은 마음이 더없이 조급해졌다.

그 바람에 공력이 흐트러지고 적들의 공격이 제대로 시야에 들어오지 않았으며 아까 같은 오색의 꽃잎 검풍도 펼쳐지지 않았다.

그러니까 마음이 더욱 조급해져서 허둥거리게 되었다. 싸우기 전에는 여러 가지를 예상했었으나 이런 상황은 추호도 예상하지 못했었다.

더구나 아홉 명의 적은 오룡검을 두려워해서 그녀의 전면에 서지 않으려고 좌우로 빙빙 돌면서 측면과 배후만 집요하고도 맹렬하게 공격했다.

그러므로 그녀는 쉴 새 없이 좌우로 몸을 돌리면서 방어하기에 급급했으며, 몸을 돌리면 적들은 어느새 또다시 전면에서 사라져 측면과 배후만을 집요하게 공격했다.

어서 빨리 포위망을 뚫고 도무탄에게 가야 하는데 소나기처럼 쏟아지는 합공을 피하기에 급급한 처지라서 마음이 엉킨 실타래 같았다.

슛―

그때 그녀는 좌우와 배후에서 들리는 파공음과는 조금 다른 흐릿한 파공음을 듣고 반사적으로 재빨리 머리 위를 올려다보았다.

"……!"

위쪽에서 한 명의 무림인이 머리를 아래로 하고 곧게 편 두 발을 위로 곧게 뻗은 자세로 그녀의 정수리를 향해 검을 찔러오고 있는데 검첨이 이미 두 자 거리까지 쇄도하고 있는 중이다.

만약 이상한 느낌을 감지하지 못했더라면 그녀는 아무런 이유도 모르는 상태에서 정수리에 검을 꽂은 채 죽음을 당할 뻔했다.

일촉즉발의 순간에도 그녀는 지금 만약 검을 들어서 머리 위를 막는다면 그 순간 좌우 측면과 배후의 공격으로 자신의 몸이 벌집으로 변하고 말 것이라는 생각이 들었다.

휙!

그녀는 별안간 자세를 낮추며 왼쪽 땅을 향해 몸을 날리면서 노를 젓듯이 오룡검을 휘둘렀다.

파아아—

"흐악!"

"와악!"

두 명이 무릎과 허벅지가 잘라지며 처절한 비명을 지르는 순간 녹상의 모습이 홀연히 사라졌다.

그녀의 비장의 무기 중 하나인 환공비술(幻空秘術)이다. 한 번 전개하는 데 검풍을 대여섯 번 뿜어낸 것과 비슷한 공력이 소진된다.

그래서 위급한 순간이나 도둑질을 하러 깊은 곳에 은밀하게 잠입할 때만 사용한다.

환공비술을 전개하면 이 장 거리 내에서 원하는 장소로 찰나지간에 몸을 이동시켜 준다.

물론 벽이라든지 단단한 장애물이 있으면 이동이 제한된다. 환공비술이라는 것은 알고 보면 어떤 틈새를 통해서 그 누구의 눈에도 띄지 않게 잠입하는 일종의 은신술(隱身術) 같은 것이다.

녹상은 포위망 밖으로 빠져나와 땅에 한 바퀴 구르고 벌떡 일어나는 순간 뒤도 돌아보지 않고 도무탄이 있는 곳으로 죽을힘을 다해서 달려가며 그곳을 쳐다보았다.

"아……."

지금쯤 도무탄이 죽었거나 제압되어야 마땅할 텐데 그가 일곱 명에게 포위되어 몸부림치듯이 팔다리를 마구 휘두르는 광경을 발견한 녹상은 기쁜 표정을 지었다.

그녀가 보기에 도무탄을 공격하는 자들은 그를 죽이려는 것이 아니라 제압하려는 것 같았다. 그러니까 사정을 봐주면서 공격하는 것이다.

또한 자기들끼리 도무탄을 서로 먼저 제압하려고 지나친 경쟁과 견제를 하다 보니까 그것이 오히려 도무탄에게는 유리하게 작용했다.

즉, 어느 누가 도무탄을 제압할 결정적인 순간에 이르면 다른 자가 그것을 방해했다.

도무탄이 그자의 수중에 들어가 버리면 죽 쒀서 개 주는 꼴이기 때문이다.

그렇기 때문에 얼핏 보면 일곱 명이 도무탄을 공격하는 것 같기도 하고 또 달리 보면 자기들끼리 싸우는 것 같기도 했다.

아무리 그렇더라도 한 명하고 싸워도 일 초식에 당하고 말 상황에서 자그마치 일곱 명에게 합공을 당하는 것은 도무탄으로서는 굉장한 일이다.

그는 미친 듯이 두 발로 비류보를 전개했다. 그는 지금처럼 실전에서 목숨을 걸고 한 번 전개하는 비류보가 평상시에 백 번 피나는 수련을 하는 것보다 훨씬 값지다는 사실을 깨달았다.

그는 정신이 하나도 없다. 연신 일곱 명의 행동을 보느라 눈동자를 너무 굴려서 좌우 눈동자가 제각기 움직이는 것 같았다.

더구나 이곳은 가파른 언덕이라서 그는 이미 두 번 넘어졌으나 그때마다 운이 좋아서 적들이 서로 공격하느라 위기를 간신히 넘겼다.

"이놈들아! 권혼은 내가 갖고 있으니 나한테 덤벼라!"

그녀는 자신이 도무탄에게 도달하기 전에 그에게 무슨 일이라도 생길까 봐 달려가면서 목에 핏대를 세우며 바락바락 외쳤다.

과연 그녀의 외침은 효과가 있었다. 도무탄을 공격하던 일곱 명 중에 네 명이 돌연 몸을 빼더니 그녀를 향해 저돌적으로 달려왔다.

세 명이 남았지만 그들도 녹상의 말에 전혀 신경을 쓰지 않는 것은 아니었다.

그들은 도무탄을 공격하다 말고 힐끗 그녀를 쳐다보며 한 눈을 팔았다.

그들은 도무탄의 신분이 해룡방주 무진장이라는 것과 그가 무공을 전혀 모른다는 사실을 이미 알고 있었다.

물론 개방제자에게 돈을 주고 정보를 알아낸 자가 퍼뜨린 소문에 의해서다.

무림인들이 방금 전까지 도무탄을 공격하다 보니까 그가 팔다리를 허우적거리며 버둥거리는 꼴이 가련할 정도다. 소문 대로 그는 무공을 모르는 것이 분명했다. 그러니 자신들이 잠시 한눈을 팔더라도 그가 공격을 할 것이라는 생각은 추호도 하지 않았다.

도무탄은 공격자들의 손길을 피하느라 미친 듯이 비류보를 밟으면서 허리를 굽혔다가 펴기를 반복하던 중에 어느 순간 공격이 뚝 멈추는 것을 느꼈다.

그렇지 않아도 두 눈동자가 제각기 돌아갈 정도로 분주하게 주위의 상황을 살피고 있던 그는 공격자 일곱 명 중에 네 명이 갑자기 어디론가 사라졌으며, 그나마 남아 있는 세 명도 웬일인지 잠시 공격을 멈춘 채 한쪽 방향을 쳐다보고 있는 것을 발견했다.

그는 방금 녹상이 외치는 소리를 들었고 그 내용이 무엇인지도 인식했다. 그래서 아마 자신을 공격하던 자들이 그 외침 때문에 그녀에게 갔거나 한눈을 팔고 있는 것이라고 생각했다.

그리고 그 순간 세 명의 무림인이 모두 녹상 쪽을 보고 있는데, 그중에서도 도무탄에게서 좌우 일 장 거리에 있는 두 명이 시야에 쏘아 들어왔다.

길게 생각할 것 없다. 비류보를 전개하여 오른쪽의 적에게 돌진하면서 이미 오래전부터 권혼력을 주입해 놓았던 오른 주먹을 전력으로 휘둘렀다.

휘이이—

좌우에 있는 두 명의 적이 도무탄에게서 일 장 거리이고 그들끼리도 일 장 거리에 있기 때문에 그로서는 한꺼번에 두 명을 공격할 수 없는 상황이다.

그래서 오른쪽의 적을 공격하자마자 연이어서 왼쪽의 적을 공격할 생각이다.

양팔을 활짝 벌려도 일 장이 안 되고 설혹 길이가 된다고 해도 도무탄 같은 무공 초보가 두 놈을 단번에 적중시키는 것은 말처럼 쉬운 일이 아니다.

"어?"

오른쪽의 적은 파공음을 듣고 고개를 돌리다가 자신을 향해 날아오는 도무탄의 주먹을 발견했으나 별로 놀라지 않는 얼굴이다.

주먹이 그다지 빠르지 않다고 여겼으며 또한 이 기회에 주먹을 잡아서 제압해야겠다고 생각했다.

슥―

그는 한 자 앞으로 날아온 주먹을 잡으려고 왼손을 활짝 벌려 재빨리 내밀면서 자신이 저 주먹을 잡지 못할 것이라는 생각과 저 주먹에 맞을 것이라는 걱정 따윈 추호도 하지 않았다.

뻑!

"큭!"

그러나 그런 생각이 채 끝나기도 전에 그의 머리가 산산이 부서졌다.

그의 왼손은 제대로 도무탄의 주먹을 잡았으나 쏘아오는 힘이 워낙 강력해서 주먹을 잡은 상태에서 뒤로 밀려 자신의 콧등을 때리고 말았다.

결과적으로 그는 도무탄의 주먹을 왼손으로 감싼 자신의 손으로 제 얼굴을 박살 내서 즉사하며 산비탈 아래 허공으로 쏜살같이 날아갔다.

도무탄은 방금 천신권격 제일변 천쇄로 한 명의 머리통을 부수는 즉시 땅을 박차면서 방향을 틀어 왼쪽의 적을 향해 왼 주먹을 날려갔다.

왼쪽으로 몸을 틀면서 왼 주먹을 날리는 동작이라서 매우 어정쩡했다.

그렇지만 왼쪽의 회의 경장인은 방금 전 오른쪽의 적이

'어?' 하는 소리를 낼 때 이미 고개를 돌렸으며 그래서 그 이후에 벌어진 광경을 다 보았다.

만약 왼쪽의 회의 경장인이 그 광경을 보는 것과 동시에 즉시 도무탄을 공격했으면 성공했을 가능성이 크다.

하지만 그는 머리가 박살 나서 저 멀리 허공으로 날아가는 무림인을 힐끗 눈동자로만 쳐다보면서 적잖이 놀라는 표정을 짓느라 도무탄을 공격할 기회를 놓치는 결정적인 실수를 범했다.

그 실수로 인해서 그는 당장 위험에 처하지는 않았으나 최소한 손쉽게 도무탄을 제압할 수 있는 기회를 놓치고, 잠시 후에는 목숨까지 잃게 된다.

쉬익—

그는 자신의 가슴을 향해 빠르게 곧장 날아드는 도무탄의 왼 주먹을 보면서 그의 목과 상체를 노리고 우에서 좌 수평으로 맹렬하게 도를 그어갔다.

도무탄은 최초의 적의 머리를 부수고 두 번째로 회의 경장인에게 왼 주먹을 날리면서 비류보를 전개했다.

만약 두 발로 땅을 딛지 않고 허공에 몸을 띄우면서 왼 주먹을 날렸더라면 지금 목과 상체를 노리고 수평으로 그어오는 도를 절대로 피하지 못했을 것이다.

무림고수들조차도 허공에 몸이 뜬 상태에서 공격을 피하

는 일은 어려운 일인데 도무탄은 두말할 나위가 없다.

그는 상대의 도가 움직이기도 전에 이미 허리를 깊이 숙이면서 비류보를 전개했다.

자신 같은 초보는 도가 움직이는 것을 보고 나서 반응을 하면 늦다고 생각했으며, 회의 경장인이 반드시 도를 수평으로 그으며 공격할 것이라고 예상했다. 그리고 그의 예상은 적중했다.

쉬잉—

도가 그의 숙인 등과 뒷머리 위로 반 뼘 거리를 두고 아슬아슬하게 스쳐 지나갔다.

그와 동시에 재차 비류보를 밟은 그는 어느새 회의 경장인의 우측으로 돌아가며 왼 주먹을 긁듯이 날렸다.

퍽!

"큭!"

쇄명갑 장갑을 낀 왼 주먹이 회의 경장인의 오른쪽 옆구리를 강하게 두드렸다.

그것으로 회의 경장인은 옆구리 갈비뼈 세 개가 부러졌으며 중요한 장기인 간의 한쪽이 박살 났다.

방금 일격은 처음에 머리를 박살 낸 권혼력이 실린 오른 주먹에 비해서 삼 할 정도 위력에 불과하지만 회의 경장인에게 심각한 충격을 가하기에는 충분했다.

갈비뼈 세 개가 왕창 부러지면서 간의 절반가량이 찢어지는 바람에 회의 경장인은 오른쪽 옆구리 전체가 무너지는 고통을 느꼈다.

그렇더라도 당장 죽는 것이 아니라서 방금 왼쪽으로 휘둘렀던 도를 이번에는 오른발을 뒤로 한 걸음 빼면서 몸을 슬쩍 반 바퀴 돌리며 오른쪽의 도무탄을 향해 사력을 다해서 그어 댔다.

쉬잉!

도무탄은 자신을 향해 도가 무시무시하게 그어오는 것을 보았으나 물러나지 않았다.

도가 자신에게 도달하기 전에 회의 경장인에게 한 대 더 먹일 수 있다고 판단했다.

한 대 먹이지 못하면 그 자신이 죽을 것이기 때문에 필사적으로 왼 주먹을 휘둘렀다.

퍽!

"윽!"

이번에는 도무탄의 왼 주먹이 도를 쥐고 있는 오른팔 팔꿈치 뒤쪽을 때렸다.

두 번째 가격으로 회의 경장인은 오른팔 팔꿈치가 박살 나면서 팔꿈치 아래가 팔에서 분리되어 도를 쥔 채 허공으로 날아가 버렸다.

딱!

"컥!"

그리고 연달아 세 번째 왼 주먹이 그의 오른쪽 턱에 둔탁하게 작렬했다.

그것으로 끝이다. 회의 경장인은 얼굴 오른쪽 절반이 짓뭉개지면서 몸이 허공으로 반 장쯤 떠올랐다.

쉬이익!

그때 도무탄은 왼쪽 뒤통수 쪽에서 예리한 파공음이 일어나는 것을 들었다.

도저히 고개를 돌려서 확인할 엄두도 겨를도 없지만 세 명 중에서 마지막 남은 청의 단삼인이 검을 찌르거나 베어오는 것이라고 판단했다.

그가 도무탄의 다정한 친구가 아닌 이상 가만히 서 있을 리가 없다.

고수라면 이런 상황에서 쳐다보지 않고 파공음만 듣고서도 검이 어느 방향에서 어떻게 공격해 온다는 것을 짐작하겠지만 도무탄으로서는 도저히 요령부득이다. 그저 검이 찔러온다는 것만 어렴풋이 느낄 뿐이다.

위기일발의 순간. 그는 이 시점에서 자신이 뭔가 행동을 취하지 않으면 개죽음을 당하고 말 것이라는 생각이 번쩍 들었다.

공격이 보이지 않으니 피할 수도 없다. 그렇다고 해서 도망친다고 해봐야 청의 단삼인을 뿌리치진 못할 터이다.

그렇다고 공격을 하자니 상대가 어디에 있는지 제대로 알지도 못하고 무턱대고 공격하는 것 역시 개죽음의 지름길일 뿐이다.

"이잇!"

순간 그는 파공음이 들려오고 있는 방향 아래쪽으로 상체를 숙이며 쓰러져 갔다.

보통의 경우에 검은 상체를 공격할 것이라는 생각에 아래쪽으로 몸을 날린 것이다.

그로 인해서 청의 단삼인의 검 공격이 어떤 식으로 빗나갔는지는 알 수가 없다.

그렇지만 도무탄이 아직 살아 있는 것을 보면 청의 단삼인의 공격이 빗나간 것이 분명하다.

어깨를 아래로 한 상태에서 내리막 땅바닥을 반 바퀴 빙그르르 구르면서 얼굴이 위를 향한 짧은 순간에, 도무탄은 자신이 청의 단삼인의 하체로 부딪쳐 가고 있다는 것과 그가 공격을 회수하는 것과 동시에 아래쪽을 베려 하고 있는 자세를 힐끗 엿보았다.

아무리 빨리 퉁겨 일어나더라도 이 상황에서 주먹으로 청의 단삼인의 급소를 공격하는 것은 늦다. 하체에는 급소 따위가 없다.

또한 피하는 것도 마찬가지다. 도무탄은 바닥에 있고 청의 단삼인이 위에 위치해 있다는 사실은, 지금 이 상황에서 청의 단삼인은 전지전능한 위치고, 반면에 도무탄은 무기력한 상태라는 것이다.

어느 누가 보더라도 지금 이 상황에서는 청의 단삼인이 검을 휘둘러서 도무탄의 목을 치거나 아니면 팔다리 어디 한 군데를 잘라서 제압하는 일만 남아 있는 것 같았다.

'신절!'

청의 단삼인 쪽으로 굴러가던 도무탄은 오른손 손바닥으로 힘껏 바닥을 밀면서 재빨리 왼손을 그자의 오른쪽 다리 무릎으로 뻗었다.

우지직! 빠득!

"흐악!"

도무탄의 왼손이 청의 단삼인의 오른쪽 다리를 정강이에서 무릎까지 쓰다듬듯이 훑자 뼈 부러지는 소리가 터지면서 그의 처절한 비명성이 울렸다.

신절은 천하에 가히 비교할 무공이 없을 만큼 뛰어난 금나수법이다.

방금 도무탄이 청의 단삼인 오른발에 전개한 수법은 신절의 요단(拗斷)이라는 것으로 손에 닿기만 해도 비틀어 꺾고 부러뜨린다.

그러나 도무탄은 그것으로 끝내지 않았다. 부러뜨린 청의 단삼인의 무릎을 왼손으로 잡고 둥실 하체를 띄우면서 오른쪽 발끝으로 머리를 걷어찼다.

위잉!

오른발이 허공을 가르는 음향이 매우 듣기 좋았다.

뻐걱!

"큭!"

그리고 쇄명강 토말을 신은 오른발이 청의 단삼인의 얼굴 콧등을 꿰뚫었다.

쿵!

도무탄은 왼손으로 여전히 청의 단삼인의 오른쪽 무릎을 움켜잡은 채 그의 몸과 함께 묵직하게 땅바닥에 쓰러졌다.

第二十六章

권혼의 이대주인(二代主人)

스으…….

천천히 일어서고 있는 도무탄은 조금 전에 비해서 많이 변해 있었다.

조금 전에는 그저 돈 많고 야심만 무지하게 큰 해룡방주 무진장이었는데, 지금은 쟁쟁한 무림고수 세 명을 때려죽인 투사(鬪士) 도무탄이 되어 있었다.

그 스스로 생각하기에도 그 잠깐 사이가 흡사 몇 년은 훌쩍 지나간 것만 같았다.

"무탄! 괜찮아?"

녹상이 무림인 한 명의 가슴을 오룡검으로 찔러 뒤로 쓰러뜨리면서 이쪽으로 달려오며 외쳤고, 그 뒤를 남아 있는 무림인들이 우르르 뒤쫓았다.

도무탄은 녹상의 어깨와 가슴, 아랫배, 허벅지에 그리 깊지 않은 상처들이 생겼으며 거기에서 피가 흘러 입고 있는 하늘색 옷이 붉게 물든 것을 보았다.

"너 다쳤구나."

척!

"굉장한데? 일류고수를 둘이나 죽였잖아."

녹상은 그가 묻는 말에는 대답하지 않고 주위에 쓰러져 있는 두 구의 시체를 보면서 호들갑스럽게 떠들었다.

"셋이야."

도무탄은 처음에 오른손 권혼력으로 머리를 박살 내서 죽여 오 장이나 날아가서 죽은 자를 턱으로 가리켰다.

"호오… 제법인데, 우리 무탄이."

기분이 좋아진 녹상은 엄마가 아들을 칭찬하듯 도무탄의 궁둥이를 두드렸다.

"이거 뭐야……."

그러다가 그녀는 궁둥이를 두드리던 손을 들었다. 거기에 피가 흥건하게 묻어서 그녀는 급히 그의 등을 쳐다보았다.

그의 등에는 오른쪽 어깨에서 왼쪽 허리까지 길게 베인 상처가 났으며 피가 철철 흘렀다.

"상처가 심하잖아?"

방금까지만 해도 잘했다고 칭찬하던 녹상은 당장에라도
세상이 멸망할 것 같은 표정을 지었다.

그러나 뒤쫓아 온 무림인들이 포위하는 바람에 그녀의 꾸
지람은 이어지지 않았다.

가파른 산비탈에 도무탄과 녹상이 나란히 서 있고, 정확하
게 열한 명의 무림고수가 두 사람을 포위하고 있다.

처음에 이곳까지 추격해 온 무림인은 모두 스물한 명이었
는데 녹상에게 일곱 명, 도무탄에게 세 명이 죽고 이제 열한
명이 남았다.

도무탄이 쟁쟁한 일류고수와 일 대 삼으로 싸워서 그들을
모두 죽일 것이라고는 녹상이나 무림인들 어느 쪽도 예상하
지 못했던 일이다.

그 일은 양쪽에 극명하게 작용했다. 도무탄과 녹상에겐 남
은 열한 명의 무림인마저 모두 죽일 수 있다는 희망을 안겨준
반면에, 무림인들에겐 이러다가 떼죽음을 당할지도 모른다는
불안을 전가했다.

[괜찮아? 싸울 수 있겠어?]

녹상은 포위하고 있는 무림인들을 경계하면서 도무탄에게
전음을 보냈다.

[힘들고 아프면 무리하지 않아도 돼. 지금이라도 내가 당신 안고서 충분히 도망칠 수 있어.]

주위를 둘러보면서 힐끗 그를 바라보는 그녀의 눈가에 짙은 염려가 스쳤다.

그녀는 평소에만 그에게 오빠라 부르고 다급할 때에는 본심에 가까운 '무탄'이나 '당신' 같은 호칭이 거침없이 쏟아져 나왔다.

도무탄은 오른팔에 권혼력을 주입시키고 나서 빙그레 엷은 미소를 지었다.

"배고프다. 빨리 끝내고 어디 가서 밥 먹자."

녹상은 어? 하는 얼굴로 그를 쳐다보더니 고개를 젖히면서 우렁차게 웃음을 터뜨렸다.

"아하하하하!"

그로부터 이각이 흘렀을 때 산비탈에 서 있는 사람은 두 명 도무탄과 녹상뿐이다.

"헉헉헉헉……."

"하아악! 하아아……."

도무탄은 허리를 굽히고 녹상은 옆의 나무를 붙잡은 상태에서 숨이 끊어질 것처럼 가쁜 숨을 몰아쉬었다.

두 사람을 중심으로 산비탈 여기저기에는 이십여 구의 시체가 어지럽게 널려 있다.

산비탈에서 굴러 내려간 시체는 대부분 저 아래 둔덕 같은 것에 걸려서 몰려 있다.

두 번째 싸움에서는 도무탄이 네 명, 녹상이 일곱 명, 추격했던 이십일 명을 한 명도 남김없이 모조리 죽였다.

도무탄은 거의 제정신이 아닌 상태에서 목숨을 내놓고 싸웠다.

온전한 제정신을 갖고는 일류고수들을 상대로 그런 미친 짓을 할 수가 없다.

그러나 그가 만약 겁을 집어먹고 주춤거리거나 몸을 사렸다면 지금 이렇게 서 있지 못하고 죽음을 당했을 것이다.

죽기 살기로 광기를 발산하면서 두 주먹과 두 발을 휘두르며 발버둥을 쳤기 때문에 일류고수를 네 명씩이나 죽이고 이렇게 살아 있게 된 것이다.

그 대가로 도무탄은 어깨와 허벅지 두 군데 상처를 입었으며, 녹상의 온몸에는 셀 수도 없을 만큼 많은 상처가 거미줄처럼 복잡하게 얽혀 있다.

"무탄… 상처가 너무 깊어."

헐떡거리던 녹상은 도무탄의 오른쪽 허벅지 뒤쪽에 가로로 베인 깊은 상처에서 피가 샘물처럼 흐르는 것을 보면서 기겁을 했다.

"여기 좀 붙잡고 있어봐."

녹상은 자기는 몇 곱절이나 더 많은 상처를 입었으면서도 도무탄을 걱정하는 마음이 너무 커서 그에게 두 손을 뻗어 나무를 잡으라 하고 그의 뒤에 무릎을 꿇고는 일단 상처를 지혈부터 하기 시작했다.

그런데 왜 그런지 상처를 살피는 그녀의 얼굴에 공포에 가까운 두려움이 짙게 떠올랐다.

사람의 허벅지에는 큰 동맥이 지나는데 그게 끊어지면 거의 손 쓸 새도 없이 길어야 일각을 넘기지 못하고 과다출혈로 죽고 말기 때문이다.

무림인은 보통 사람들하고 조금 달라서 점혈수법으로 지혈을 하면 조금 더 오래 버틸 수는 있다.

하지만 그래 봐야 반 시진이 지나면 지혈이 풀리기 때문에 다시 지혈을 해야 하고, 어떻게든 끊어진 동맥을 잇지 않으면 죽을 수밖에 없다.

그러나 녹상은 그보다 더 나은 방법을 알고 있다. 점혈수법으로 지혈을 시킨 후에 동맥이 끊어진 부위에 손바닥을 밀착시켜 공력을 주입해서 끊어진 동맥을 잇는 것인데 부친에게 배웠었다.

그렇지만 확실하게 이어진 것이 아니기 때문에 그 즉시 상처부위에 금창약을 바르고 깨끗한 천으로 칭칭 세게 감은 후

에 최소한 열흘 이상 움직이지 말고 침상에서 자리보전하고
있어야 한다.

"이거 뭐야? 어떻게 된 거지?"

녹상은 길게 베어진 바지 속으로 아예 머리를 들이밀 것처
럼 도무탄의 궁둥이와 허벅지를 세밀하게 살피면서 의아한
듯 중얼거렸다.

"동맥이 끊어지지 않았어. 여기에 동맥이 없잖아. 어떻게
된 거야, 이게……."

가로로 베인 뒤쪽 허벅지 사타구니 깊은 곳에 동맥이 있어
야 하는데 없는 것이다.

"상아, 나는……."

스륵―

"벗어봐."

도무탄이 뭐라고 말하려는데 녹상이 재빨리 그의 괴춤을
풀더니 바지를 발목까지 내렸다.

"다리 벌려."

그러더니 그의 다리를 넓게 벌리게 하고 속곳을 들추기도
하면서 더욱 자세히 살폈다.

슥―

"나는 거기에 동맥이 없다."

도무탄은 바지를 추켜 입으면서 중얼거렸다.

"무슨 소리야?"

"일전에 말한 적이 있잖아. 방현립이 보낸 괴한들에게 왼쪽 가슴을 찔렸는데도 내 심장이 오른쪽에 있어서 죽지 않았었다고 말이야."

"아… 그랬었지."

"그런 식으로 나의 내장과 장기, 동맥 따위는 보통 사람들하고는 전혀 다른 부위에 있어."

녹상은 어이없는 표정을 지으며 일어섰다.

"괴물이로군."

"멋진 괴물이지."

"그래, 멋지고 돈 많은 괴물이야."

도무탄은 녹상을 일으켜 세워서 양어깨를 잡고 마주 보고 똑바로 섰다.

"이젠 네 상처를 보자. 생각보다 많이 다쳤다."

탁―

그녀는 별일 아니라는 듯 심드렁한 얼굴로 도무탄의 팔을 쳐냈다.

"그래도 심한 상처는 하나도 없어. 나는 다쳐도 영리하게 다친다구."

도무탄은 빠져나가려는 그녀를 더 힘주어 붙잡고 살피려고 했다.

"지혈은 해야지."

손이 닿는 곳은 그녀가 지혈을 하더라도 닿지 않는 부위는 도무탄이 해줘야 한다.

"지혈할 줄 알아?"

"조금쯤 알고 있다. 자세히 가르쳐 다오."

녹상은 어처구니없다는 듯 산비탈 아래를 가리켰다.

"여기에서? 지랄 같은 무림인들이 언제 또다시 들이닥칠지 모르는데?"

"계속 피를 흘리면 여기를 벗어나도 핏자국 때문에 흔적을 남기게 된다."

그의 조리 있는 반박에 녹상은 말문이 막혔다.

"지혈하는 방법 가르쳐 줄 테냐?"

"알았어."

＊　　＊　　＊

산중에 밤이 찾아왔다.

도무탄과 녹상은 서림장이 있는 난촌에서 북쪽으로 육십 여 리 떨어진 석령관(石嶺關)이라는 곳까지 왔다.

산비탈에서 이십일 명의 무림인을 죽인 이후에는 더 이상 싸움이 벌어지지 않았다.

처음의 의도는 동쪽으로 가다가 종애에서 남쪽으로 꺾어져 청원현에서 궁효 등과 합류한다는 것이었다.

하지만 현재의 상황이 그리 호락호락하지가 않아서 두 사람은 더 이상 동쪽으로 갈 수가 없었다. 남쪽, 즉 태원성에서 출발한 수많은 무림인이 넓게 퍼져서 두 사람을 추격해 오고 있기 때문이다.

태원성에 있던 천여 명이 넘는 무림인이 한 명도 남기지 않고 이 대규모 사냥에 가담했다.

그들이 남쪽에서 올라오고 있기 때문에 도무탄과 녹상은 목적지인 청원현에 갈 수가 없게 되었다.

그렇다고 남쪽으로 가지도 못하는 판국에 무작정 동쪽으로만 계속 갈 수는 없는 노릇이다. 동쪽으로 가면 오대산을 넘어서 하북성 북경이 나온다. 목적지하고는 전혀 반대 방향인 것이다.

서쪽도 마찬가지다. 그 방향으로 간다고 해도 남쪽으로는 갈 수가 없다.

그래서 도무탄은 북쪽으로 가기로 했다. 궁효와 소진 등을 만나는 것이 목적이 아니라 추격대인 십팔복호호법과 수많은 무림인으로부터 살아남는 것이 목적이니까 잠잠해질 때까지 조용한 곳에서 숨어 있으려는 것이다.

석령관은 남북 세로로 길쭉한 산서성의 중앙부에 위치해 있으며 산서성을 남부와 북부로 가르는 역할을 하고 있다.

그곳 석령관 근처 산골마을 외곽의 낡은 초옥에서 도무탄과 녹상은 하룻밤 신세를 지기로 했다.

얼마 안 되는 밭뙈기를 일구면서 서너 마리 가축을 기르는 노부부는 어스름 땅거미가 깔릴 무렵에 불쑥 찾아든 꾀죄죄한 모습에 게다가 많이 다치기까지 한 낯선 남녀를 환한 미소로 선뜻 반겨주었다.

"감자 삶은 것뿐인데 좀 드셔볼라우?"

노파는 찌그러진 그릇에 삶은 감자 대여섯 개를 담아서 쪼글쪼글 거친 손으로 내밀면서 수줍게 미소 짓는데 이빨이 성한 게 거의 없었다.

"진짜 신기하네……."

녹상은 도무탄의 벗은 몸을 자세히 살펴보면서 연신 감탄을 그칠 줄 몰랐다.

아까는 그의 몸 곳곳에 큰 것 두 개와 작은 것 네 개의 상처가 있는 것을 똑똑히 봤었는데 지금은 하나도 남아 있지 않다.

심지어는 희미한 흉터조차도 없어서 아예 다친 적이 없었던 것 같았다.

"이게 권혼 덕분이라는 말이야?"

"권혼력 덕분이지."

"눈으로 보면서도 믿어지지가 않네."

녹상은 군침을 흘렸다.

"권혼 판 거 아깝네."

"다시 줄까?"

도무탄이 선뜻 말하자 녹상은 눈을 크게 떴다.

"오른팔 속에 스며들었다면서 어떻게 줘?"

도무탄은 씩 웃었다.

"그러니까 주겠다는 거지."

"약 올리고 있어."

그는 주섬주섬 옷을 입었다.

"이번에는 너 좀 보자. 옷 벗어라."

"금창약은?"

"여기 있다."

도무탄이 서림장을 나서기 전에 챙긴 금창약을 품속에서 꺼내서 뚜껑을 여는 동안 녹상은 옷을 벗었다.

도무탄은 속곳과 젖 가리개만 한 모습으로 앉아 있는 녹상을 잠시 살펴보다가 밖으로 나갔다.

"잠깐 기다려라."

녹상은 책상다리를 하고 멀뚱하게 기다리다가 시간이 지

날수록 조금씩 눈이 감기는 듯하더니 결국 뒤로 스르르 눕고
는 잠이 들어버렸다.

서림장을 나서서 조금 전에 이곳에 도착할 때까지 한시도
쉬지 못했으니까 매우 피곤할 것이다.

끼이…….

도무탄이 물을 데워서 큼직한 나무 그릇에 들고 들어왔을
때에는 녹상은 침상에서 네 활개를 펼치고 코를 골면서 한잠
깊이 들어 있었다.

그는 녹상 옆에 앉아서 헝겊을 뜨거운 물에 적셔서 꼭 짠
후에 상처를 중심으로 그녀의 몸을 닦기 시작했다.

깊은 상처는 없지만 그렇다고 우습게 그냥 봐 넘길 상처들
이 아니다.

또한 상처라는 것이 깊다고 더 아프고 가볍다고 덜 아픈 것
이 아니다.

상처가 너무 많고 그러면서도 녹상이 아픈 내색을 전혀 하
지 않았다는 것 때문에 도무탄은 가슴이 찡했다.

그녀의 참을성도 참을성이지만 아픈 내색을 하면 도무탄
이 걱정할까 봐 참고 있었던 것 같아서 그녀의 속 깊음을 다
시 한 번 느꼈다.

스슥… 슥…….

닦다 보니까 아예 목욕을 해주는 것처럼 돼버려서 아예 젖

가리개와 속곳을 벗겨내고 젖가슴과 허벅지 안쪽의 은밀한 부위까지 잘 닦아주었다.

그러면서 지혈이 풀려서 피가 나는 곳은 다시 지혈을 해주고 상처가 심한 곳에는 금창약을 발라주었다.

피와 땀 때문에 헝겊이 곧 더러워져서 더운 물에 빨아서 다시 닦았다.

이윽고 앞쪽의 상처를 다 닦고 녹상의 몸을 뒤집어 어깨와 등을 조심스럽게 닦다가 그녀의 몸에 상처뿐만이 아니라 예전에 입었던 상처가 나은 흉터들이 매우 많다는 사실을 새삼스럽게 깨달았다.

아무리 무림에 몸을 담고 있다지만 그래도 여자인데 몸이 티 한 점 없는 백옥은 아니더라도 온몸에 흉터가 빼곡하다니 이건 너무 심하다는 생각이 들었다.

더구나 이번에 입은 상처까지 흉터가 돼버리면 과장을 조금 보태서 온몸에 바늘 하나 꽂을 자리가 없을 만큼 흉터가 빼곡할 것 같았다.

녹상은 엎드려 놓은 자세에서도 그리고 도무탄이 상처와 몸을 구석구석 열심히 닦고 있는데도 낮게 코를 골면서 잘도 자고 있다.

그녀의 몸 앞뒤를 다 닦고 나서 그는 자신의 허벅지 뒤쪽을 어루만졌다.

아까 낮의 싸움에서 거기에 깊은 상처가 입었으나 반 시진이 지나기도 전에 흔적조차 없이 깨끗이 다 나았다.

그는 그것이 권혼력의 신비한 능력이라고 믿고 있다. 그 옛날 천신권의 공력은 아마도 우화등선(羽化登仙)의 경지에 올랐던 것이 분명하다.

그렇기에 그의 공력이 고스란히 담겨 있는 것으로 믿어지는 권혼이 삼백여 년이나 지난 지금까지도 그런 신비한 능력을 발휘하는 것이 아니겠는가.

'혹시……'

그때 문득 도무탄은 어떤 사실에 생각이 미쳤다.

'권혼력으로 내 상처가 깨끗이 치유된다면 타인의 상처도 치유할 수 있을지 모른다.'

간단한 이치다. 공력을 잘 드는 칼이라고 비유한다면, 그것으로 내 얼굴의 수염을 깎을 수도 있을 테고 남의 몸의 털도 깎을 수가 있을 것이다.

도무탄은 수련을 할 때나 싸움에 임할 때 권혼력을 오른팔에 주입하여 주먹에 실어서 천신권격을 발휘한다.

그러므로 그런 식으로 권혼력을 상처에 발출, 아니, 주입하면 상처를 치료할 수 있지 않을까 하고 생각해 보았다.

잠시 생각에 잠겼던 그는 밑져야 본전이니까 한번 시도해 보기로 했다.

그 자신의 상처는 치료하는데 타인이라고 되지 않을 이유가 없을 것이라는 생각이 들었다.

아까 그 산비탈에서 처음에 세 명의 무림고수를 죽이고 나서 그는 말로는 설명하기 어려운 자신감이 불끈 솟구치는 것을 느꼈었다.

그리고 두 번째 싸움에서는 첫 번째보다 더 잘할 수 있다는 자신감이 더해졌으며 반드시 이길 것이라는 확신까지도 생겼었다.

그래서 그는 첫 번째 싸움보다 조금 더 매끄럽게 싸울 수 있었으며 그 결과 네 명을 죽였다.

하지만 지나치게 흥분하여 덤벙거리는 바람에 몇 군데 상처를 입었다.

어쨌든 오늘 그는 세상에 태어나서 최초로 정식 싸움을 하여 무림고수를 죽였다.

그것도 한두 명이 아닌 도합 일곱 명에다가, 녹상의 말에 의하면 그들은 하나같이 난다 긴다 하는 일류고수들이라는 것이다.

태원성 진권문주 방현립을 비롯한 그의 자식들이나 제자들을 죽인 것은 싸움이라고 할 수가 없다.

아까 도무탄이 상대했던 무림고수들에 비하면 방현립 등은 오합지졸이라고 할 수 있다. 더구나 그들을 죽인 것은 싸움이 아니라 일방적인 복수였다.

그러므로 오늘은 도무탄에게 있어서 기념비적인 날이고 인생의 분수령이 된 날이라고 할 수 있다.

오늘은 그가 제대로 무림의 일류고수들을 죽어서 정식으로 무림에 첫발을 내디딘 날이기 때문이다.

'할 수 있다.'

무림고수를 일곱 명씩이나 때려죽인 그가 녹상의 상처를 치료하지 못한다는 것은 말이 안 된다.

그는 우선 오른팔에 권혼력을 가득 주입했다. 그러기 위해서 구태여 권혼심결 일 초식을 운공조식하려고 시도하지 않아도 된다.

오른팔에 권혼력을 주입하려는 생각만 하면 자동적으로 운공조식을 하게 되고 어느새 오른팔에 주입이 된다.

그것은 오랜 연습에 의한 결과다. 권혼력을 주입하려는 생각을 할라치면 머릿속으로는 벌써 구결을 외우고 몸은 어느새 운공조식을 시작했다가 끝내고 있는 것이다. 그 속도가 세 호흡이다.

예전 권혼의 주인 천신권은 이렇게 하지 않았을 것이다. 이러는 것은 순전히 권혼의 두 번째, 즉 이대(二代) 주인인 도무탄의 방식이다.

그가 아직 권혼의 감춰진 비밀을 풀지 못했기 때문에 이런 식으로 편법을 사용하는 것이다.

그러나 장차 비밀을 풀게 된다면 이렇게 번거로운 방법이 아니라 상시 오른팔에, 아니, 전신에 공력이 팽배해 있을 것이 분명하다.

'이제 어쩐다?'

오른팔에 가득 주입된 권혼력을 어떤 식으로 손바닥에 보내서 그것으로 상처를 치료할 것인가에 대해서는 아직 생각해 둔 것이 없다.

그는 지금까지 오른팔에 권혼력을 주입한 상태에서 주먹을 휘둘러 적을 때려죽였었다.

오른팔에 있는 권혼력을 뿜어내는 방법이 있는데 그것은 천신권격의 삼변 권풍이다.

도무탄은 권풍의 이론만 알고 있을 뿐이고 몇 차례 연마를 해봤지만 성공하지 못했었다. 아니, 천쇄나 신절에 몰두하느라 권풍은 소홀히 했었다.

권혼심결은 총 삼 초식으로 이루어졌는데 그중 이 초식까지 이해를 했으며 그것을 '천신권격'이라고 녹상이 이름을 붙여주었었다.

천신권격 일변은 무엇이든지 박살 내는 천쇄이고 이변은 금나수법인 신절, 삼변이 주먹에서 권혼력을 발출하는 권풍이며, 마지막 사변은 격광, 빛처럼 빠른 수법이다.

이 네 가지 수법 중에서 권혼력을 몸 밖으로 발출하는 것은 권풍이 유일하다. 도무탄이 알기로는 그렇다.

그래서 그의 생각에는 녹상의 상처를 치료하려면 손바닥을 통해서 권혼력을 뿜어내야 할 것 같았다.

사실은 그렇지가 않다. 무림인이라면 누구나 체내의 공력을 손바닥을 통해서 다른 사람의 몸에 주입할 줄 안다. 그냥 손바닥을 상대의 신체 부위에 밀착시키고 공력을 일으키기만 하면 되는 간단한 일이다.

하지만 그러는 것을 본 적도 해본 적도 없는 도무탄은 손바닥을 통해서 공력을 발출해야만 된다고 고지식하게 생각하고 있다.

그는 엎드려서 자고 있는 녹상 옆에 가부좌의 자세로 앉아서 천신권격 삼변 권풍의 구결을 머릿속으로 수십 번도 더 외우다가 어느 정도 자신이 붙은 것 같아서 일단 한 번 시도해 보기로 했다.

"흠."

그는 녹상의 몸을 이리저리 살피면서 적당한 상처를 찾다가 등허리에 검에 베인 듯한 비스듬히 길쭉한 상처를 치료해 보기로 마음먹었다.

중지 손가락 하나 정도의 길이이며 깊숙이 파여서 뼈를 다친 것 같은 상처다.

현재 그는 혈도에 대해서는 거의 모르는 것이 없을 정도의 수준이다. 물론 깊이 알지는 못하고 얕게 많이 알고 있다.

녹상을 처음 만났을 무렵 그녀에게 전신 주요혈도 수백 개에 대해서 배웠었고, 이후에 궁효에게 혈도에 대한 의서(醫書)를 구해 오도록 해서 서림장에 머무는 동안 틈틈이 공부를 했었다.

그러므로 권혼심결에서 요구되는 혈맥이나 혈도에 대해서는 모르는 것이 없다.

그는 오른손 손바닥을 최대한 활짝 펼쳐서 상처 부위에 밀착시켰다.

그랬다가 고개를 갸웃하고는 손바닥을 떼서 상처에서 세 치 정도 거리를 두었다.

'발출이니까. 흠.'

그는 스스로를 이해시키려는 듯 고개를 끄떡였다. 권풍은 권혼력이 주먹으로 발출되는 것이기 때문이다.

휘이잉—

석령관의 밤이 깊어가면서 매서운 한겨울의 삭풍이 계곡을 할퀴고 있다.

'마지막 하나 남았다…….'

도무탄은 비지땀을 흘리면서 상처 위에 손바닥을 펼치고

는 어금니를 힘껏 악물었다.

치료를 시작한 이후 지금까지 두 시진 동안 잠시도 쉬지 않고 녹상의 몸에서 정확하게 칠십팔 개의 상처와 흉터를 치료하고 또 깨끗하게 만들었다.

최초에 손바닥으로 권혼력을 발출하는 것은 스무 번의 시도 만에 성공했었다.

그렇게 일단 권혼력이 발출되면 손바닥으로 흘러내면서 잠시 쓰다듬는 것으로 상처는 치료되었으며 흉터는 씻은 듯이 사라졌다.

그러나 권혼력 발출이 결코 쉽지만은 않았다. 그 이후에도 애써 열 번 시도하면 겨우 서너 번 성공할 정도의 상태로 치료에 매달렸다.

그러므로 칠십팔 개의 상처와 흉터를 치료하기 위해서 권혼력을 발출하려면 수백 번의 시도를 해야만 했었다.

이러한 행동이 바로 그의 성격의 한 일면을 보여주는 것이다. 한 번 시작을 했으면 무슨 일이 있어도 반드시 끝장을 내는, 그러지 않으면 다른 일은 손에 잡히지 않는 무식할 정도로 고집스러운 일면이다.

더구나 그는 자신의 손바닥을 통해서 권혼력을 발출한다는 믿어지지 않는 사실에 대단히 흥분하고 또 매료되어 아무리 힘이 들더라도 치료하는 일을 절대로 중도에서 멈추고 싶지 않았다.

말하자면 그는 치료를 하면서 동시에 권혼력을 체외로 발출하는 무공연마를 병행하고 있는 것이다.

녹상의 몸에서 마지막으로 없애야 하는 것은 상처가 아니라 흉터다.

예전에 그가 직접 치료해 준 적이 있었던 사타구니에 가까운 둔부 쪽 허벅지의 흉터다.

치료를 위해서 이미 그녀의 속곳을 벗긴 것은 물론이고, 상처와 흉터가 잘 드러나고 또 손바닥으로 원활하게 덮을 수 있도록 하려고 엎드려 있는 자세인 그녀의 허리 아래쪽에 베개를 넣어 둔부가 솟아오르도록 만들었다.

그렇게 하니까 그녀의 옥문과 항문이 환하게 벌어져서 손바닥의 절반 정도가 흉터를 덮을 수 있게 되었다.

'됐다.'

도무탄 자신만이 감지할 수 있는 느낌, 즉 권혼력이 오른팔을 타고 손바닥을 향해 쏟아져 오는 느낌을 받고 그는 즉시 손가락 쪽 손바닥 절반을 흉터에 밀착시켰다.

츠으…….

누군가 손톱으로 손바닥 한가운데를 살살 긁어서 간질이는 듯한 느낌이 드는 것과 동시에 모래가 쟁반 위를 흐르는 듯한 소리가 들리며 권혼력이 확 뿜어졌으며 그 직후에 손바닥이 흉터를 덮었다.

슥슥…….

그는 흉터가 깨끗이 사라지도록 허벅지 안쪽을 골고루 꾹꾹 누르면서 쓰다듬어 주었다.

가로로 그어진 흉터의 한쪽 끝은 둔부와 허벅지의 경계선 바깥쪽이지만 반대쪽 끝은 항문과 옥문 사이에서 이 푼밖에 떨어져 있지 않았다.

어떻게 해야지만 이런 부위를 다칠 수가 있는 것인지, 이곳을 베일 때 도대체 그녀가 어떤 행동을 했고 어떤 자세를 취했을 것인지 도무탄은 치료를 하는 중에도 그것이 못내 궁금했다.

설마 그녀가 볼일을 보고 있는데 소림무승들이 아래쪽에서 공격을 했다는 것인가.

그가 치료에 이토록 열성을 다하는 데에는 또 다른 이유가 하나 있다.

스슥… 슥…….

그는 흉터를 문지르면서 열심히 권혼력을 발출했다. 이렇게 손바닥, 즉 장심(掌心)으로 권혼력을 발출한다면 주먹으로도 발출할 수 있을 것이라고 믿었다.

그래서 연습을 하는 차원에서 더욱 열심히 치료에 임하고 있는 것이다.

"음……."

그때 녹상이 잠에서 깨어나며 작게 꿈틀거리면서 둔부를 들썩거렸다.

아무리 깊은 잠에 빠졌다고 해도 누가 예민한 옥문과 항문 주위를 꾹꾹 누르는데 잠이 깰 수밖에 없다.

그걸 모르는 도무탄은 확인을 하려고 손바닥을 살짝 떼고 고개를 숙여 흉터를 들여다보았다.

바깥쪽은 말끔히 제거됐는데 안쪽, 그러니까 옥문 쪽으로 뻗은 흉터는 아직 조금쯤 희미하게 남아 있어서 손을 뗄 수가 없다.

"어… 오빠 뭐 하는 거야?"

그런데 녹상이 부스스한 얼굴로 몸을 뒤틀면서 도무탄을 돌아보았다.

그런데 몸을 뒤틀면서 둔부를 그의 손이 있는 쪽으로 약간 미는 바람에 손가락 하나가 어디론가 좁은 구멍 같은 곳으로 푹 들어가 버렸다.

"……!"

순간 녹상의 동작이 뚝 멈추더니 얼굴에서 잠이 달아나는 대신 사나운 표정이 파도처럼 번졌다.

"야 이 자식아! 똥구멍은 왜 찔러?"

퍽!

"끄악!"

분노의 발차기가 도무탄의 턱에 작렬했다.

쿵! 퍽!

그는 붕 날아가서 맞은편 벽에 부딪쳤다가 바닥에 떨어져 그대로 혼절해 버렸다. 몹시 피곤했기에 그는 그대로 잠이 들어버렸다.

第二十七章

십일 년 만의 귀향

"무슨 짓이야?"

녹상은 침상에 일어나 앉아 손바닥으로 궁둥이, 즉 항문을 가리면서 도무탄을 날카롭게 쏘아보았다.

그러다가 그녀는 자신이 치료를 받으려고 옷을 벗고 나서 잠들었다는 것, 도무탄이 지금까지 치료를 하고 있었을 것이라는 생각이 들었다.

"치료를 하면 곱게 할 것이지 똥구멍은 왜 쑤셔?"

그녀는 방구석에 처박혀 있는 도무탄을 흘기면서 자신의 몸을 굽어보다가 깜짝 놀라서 눈을 커다랗게 떴다.

"아⋯⋯."

아까 잠들기 전에 그녀는 스스로 옷을 벗었지만 젖 가리개와 속곳은 입고 있었는데 지금은 그마저도 다 벗겨진 전라의 모습이다.

그러나 그녀가 진짜 놀란 이유는 자신이 전라가 되었기 때문이 아니다.

의당히 있어야 할 상처가 하나도 보이지 않는다는 사실 때문이었다.

"어⋯ 떻게 된 거야?"

그녀는 도무탄에게 치료를 맡기려고 옷을 벗었고 얼마나 지났는지 모르지만 깨어나 보니까 상처들이 감쪽같이 사라져 버렸다.

"여기도⋯ 그리고 여기도⋯⋯."

온몸을 다 살펴보고 눈으로 볼 수 없는 곳은 손으로 더듬어서 확인해 본 결과 상처뿐만이 아니라 그토록 많았던 흉터들마저 모두 사라졌다.

'내가 지금 꿈을 꾸고 있는 거야?'

그녀는 몇 번이나 확인했지만 결과는 똑같았다.

'무탄이 도대체 어떻게 한 거야?'

그녀는 예전에 왼쪽 팔뚝과 오른발 종아리에 있던 흉터를 번갈아 살펴보았다.

그 흉터는 너무 흉측해서 그녀 자신이 봐도 눈살이 찌푸려질 정도였으나 지금은 도대체 흉터가 어디에 있었는지도 모를 정도다.

'혹시……'

문득 그녀는 도무탄을 쳐다보았다.

'그래, 그게 틀림없어.'

도무탄이 상처가 생겼을 경우 오래지 않아서 저절로 상처가 치료되고는 조금 더 시간이 지나면 흉터까지 감쪽같이 사라진다는 사실에 생각이 미쳤다.

'장심(掌心)에 권혼력을 주입해서 내 상처와 흉터를 문질렀을 거야.'

일단 그렇게 생각하니까 정답인 것 같아서 다른 가능성은 하나도 생각나지 않았다.

그러니까 조금 전까지도 도무탄은 그녀의 상처를 치료하든가 아니면 흉터를 없애고 있었을 것이다.

녹상은 다리를 벌리고 자신의 은밀한 곳에 있는 흉터를 들여다보았으나 여의치 않아서 이번에는 몸을 틀어 뒤쪽으로 보려고 했지만 그 역시 마찬가지다.

그래서 손으로 어루만져보니까 그곳에 있었던 가로의 깊은 흉터가 손끝에 만져지지 않았다. 아니, 항문 가까이 흐릿한 흔적이 만져졌다.

그제야 그녀는 어떻게 된 일인지 깨달았다. 도무탄이 그곳의 흉터를 마지막으로 없애고 있었는데, 은밀한 부위를 만지는 느낌에 그녀가 잠에서 깼으며, 몸을 움직이는 바람에 그 부위를 쓰다듬고 있던 그의 손가락 하나가 느닷없이 항문으로 들어가 버렸던 것이다.

'그렇지. 오빠가 그런 짓을 할 리가 없지.'

그녀는 고맙고도 측은한 표정을 지으며 도무탄에게 다가가 그를 가볍게 안아 들었다.

그녀는 체구가 자신보다 한 배 반에서 두 배 가까이 큰 그를 안고서 얼굴을 가만히 들여다보았다.

가늘게 코를 골면서 자는 모습이 귀여웠다. 그가 영준하다든가 믿음직스럽다든가 하는 건 모르겠다. 지금 이 순간은 그냥 한없이 귀엽기만 했다.

아마 그는 녹상의 사타구니 흉터를 마지막으로 없애고 있었을 것이다.

만약 상처나 흉터가 남아 있다면 이렇게 잠이 들어버릴 그가 아니다.

녹상은 가만히 고개를 숙여 도무탄의 두툼한 입술에 자신의 작고 촉촉한 입술을 살며시 덮었다.

그에게 향한 감정이 애정인지 우정인지 아니면 의남매를 맺었기 때문에 가족애 같은 것이 생겼는지는 모르지만, 한 가지 분명한 것은, 지금은 그것이 걷잡을 수 없을 정도로 커지고 있다는 사실이다.

'악!'

이른 아침에 도무탄보다 먼저 잠이 깬 녹상은 속으로 비명을 질렀다.

어젯밤에 그녀는 도무탄을 안고 침상에 올라가서 같이 잠을 잤었다.

푹신한 이불 덕분에 옷을 입지 않은 상태에서 마치 어머니가 아들을 안고 자듯이 도무탄을 품에 포근히 안고 호젓한 잠속에 빠져들었었다.

그런데 지금 잠에서 깨어나니 전혀 다른 상황이 펼쳐져 있는 것이 아닌가.

어젯밤에는 그녀가 도무탄을 품에 안고 잤었는데, 지금은 반대로 그녀가 그의 팔베개를 하고서 그의 품에 편안하게 안겨서 자고 있다.

그런데 그게 다가 아니다. 그녀의 손이 그의 괴춤으로 들어가서 단단하게 발기한 음경을 꼭 붙잡고 있는 생소하지 않은 상황이 벌어져 있는 것이다.

정말 미치고 환장할 일이다. 어젯밤에는 술에 취하지도 않았었는데 어째서 잠결에 그의 발기한 음경을 꼭 붙잡고 잤다는 것인지 도저히 이해할 수가 없다.

녹상은 조심스럽게 그의 음경을 놓고 괴춤에서 손을 빼고
는 그의 팔베개를 풀고 돌아누웠다.

이제는 도무탄하고 잠만 자면 잠결에 그의 품에 안기고 음
경을 잡는 버릇이 생긴 것 같은데, 좋지 않은 버릇인 것만은
분명했다.

'녹상, 너 어쩌려고 자꾸 이러는 것이냐?'

그녀는 주먹을 쥐고 자신의 이마를 콩콩 쥐어박으면서 자
책을 했다.

다음 날 아침.

도무탄과 녹상은 노부부에게 따뜻한 아침 식사까지 얻어
먹고 나서 다시 북쪽으로 길을 떠났다.

아침 식사라고 해봐야 어제저녁에 먹었던 것과 똑같은 삶
은 감자 대여섯 개에다가 푸성귀가 들어간 멀건 국이 하나 더
추가되었을 뿐이다.

그래도 꿀맛처럼 맛있었다. 배가 고파서도 아니고 노파의
감자 삶는 솜씨가 뛰어나기 때문도 아니다. 그냥 물을 붓고
쪄낸 여느 삶은 감자일 뿐이다.

자신들도 아끼고 또 아껴야지만 혹독한 북방의 한겨울을
간신히 견딜 수 있는 소중한 식량을 생전 처음 보는 이름도

모르는 낯선 남녀에게 서슴없이 내준 노부부의 그 인심이 맛있어서, 도무탄과 녹상은 한 알도 남기지 않고 삶은 감자를 게 눈 감추듯이 다 먹었다.

두 사람에게 시간이라도 좀 넉넉했으면 바람만 심하게 불어도 쓰러질 것 같은 노부부네 낡은 집 여기저기를 수리해 주고 싶었다.

또 사슴이나 노루 따위 산짐승을 몇 마리 잡아와서 노부부가 겨우 내내 배불리 먹을 수 있도록 훈제를 하거나 잘 말릴 수 있게 손질이라도 해주고 떠났으면 마음이 훨씬 편했을 것이다.

그렇지만 도무탄은 어젯밤에 자신들이 잤던 방 침상에 눈에 잘 띄도록 은자 열 냥을 가만히 놔두고 온 것으로 그 마음을 대신했다.

그와 녹상은 서림장을 떠나면서 금화나 은자를 넉넉하게 준비했지만, 그렇다고 해서 노부부에게 거액을 뭉텅 줄 수는 없는 노릇이다.

십여 년 동안 삶의 가장 낮은 밑바닥부터 시작하여 가장 꼭대기 정상까지 도달한 도무탄에게는 나름대로의 몇 가지 원칙이라는 것이 생겼다.

그중 하나가 '적절한 보상' 이라는 것이다.

누군가 내 목숨을 구해주었는데, 그리고 나는 억만금을 갖

고 있는데 그에게 사례금으로 은자 닷 냥을 주는 것은 도리에
맞지 않는다.

반대로 길을 가고 있는 목마른 그에게 누군가 물 한 그릇을
떠주었다고 해서 사례로 금화 만 냥을 주는 것 역시 말도 되
지 않는 일이다.

그 계산대로 한다면, 잘 곳 없는 나그네에게 잠자리와 따뜻
한 두 끼 식사를 대접해 준 노부부에겐 은자 한 냥 정도가 적
절한 보상이다.

그 정도도 도무탄으로서는 적절한 보상이지만 노부부에겐
넘치는 보상일 터이다.

그런데도 은자 열 냥을 남긴 것은 노부부가 엄동설한을 따
뜻하게 보내라는 도무탄의 배려다.

그 돈이면 이런 산골에서 일 년 동안 일하지 않고 배불리
따뜻하게 먹고 살 수 있을 것이다. 보상이 과하면 화를 부르
는 법이다.

도무탄과 녹상은 십팔복호호법과 천여 명의 무림인을 다
뭉뚱그려서 추격대라고 불렀다.

두 사람은 자신들이 추격대로부터 최소한 오십여 리 이상
떨어져 있을 것이라고 확신했다. 추격대를 보지 못한 지가 꽤
오래되었기 때문이다.

두 사람은 부지런히 북상하여 정오 무렵에는 석령관에서 동북쪽으로 이십여 리쯤에 이르렀다.

"오빠 어디 정해놓은 목적지가 있는 사람처럼 부지런히 가는 것 같은데?"

산중의 오솔길을 잰걸음으로 걸어가고 있는 도무탄을 뒤따르면서 녹상이 말했다. 그녀의 목소리에는 호기심이 짙게 배어 있었다.

녹상은 대답이 없는 그를 뒤따르며 뿌연 잿빛 하늘을 올려다보았다.

"그게 아니면 그냥 발길 가는 대로 아무 데나 정처 없이 가는 거야?"

"고향집에 간다."

"……"

도무탄의 조용한 말에 녹상은 움찔 놀라서 걸음을 멈추고 그의 뒷모습을 쳐다보았다.

"오빠한테 그런 게 있었어?"

그녀는 저만치 앞서 가는 그를 빠른 걸음으로 따라잡으며 얼굴 가득 호기심어린 표정을 지었다.

"하하… 그럼 나는 땅에서 불쑥 솟았겠느냐?"

녹상은 그의 웃음소리가 공허하다는 생각이 들었다.

"난 그런 줄 알았어. 땅에서 불쑥 솟았거나 하늘에서 뚝 떨어졌거나. 하도 대단한 인물이라서."

오솔길이 좁기 때문에 둘이 나란히 갈 수 없는 상황이니까
그녀는 앞질렀다가 그와 마주 보며 종종거리면서 뒷걸음질을
쳤다.

"고향집이 어딘데? 여기서 멀어? 부모님은 다 살아 계셔?
형제는 있어?"

그녀는 눈을 반짝반짝 빛내면서 한꺼번에 와르르 물었다.

"응? 응? 말해줘……."

그가 대답이 없자 그녀는 얼굴을 바싹 들이대면서 어린아
이처럼 보챘다.

"하하하! 인석아, 넘어지겠다."

도무탄은 그녀의 하는 짓이 귀여워서 머리를 쓰다듬으며
껄껄 웃었다.

"저기에 좀 앉자."

두 사람은 때마침 오솔길 가에 납작한 바위가 있어서 그곳
에 앉아 노파가 싸준 삶은 감자를 먹으면서 잠시 쉬었다 가기
로 했다.

"그랬었구나……."

두 눈을 별처럼 초롱초롱 빛내면서 그다지 길지 않은 설명
을 듣고 난 녹상은 손가락에 묻은 감자 찌꺼기를 입으로 쪽쪽

빨면서 고개를 끄떡였다.

"오빠 가족들이 보고 싶어?"

녹상은 그의 허벅지를 베고 누워서 하늘을 보며 물었다.

"그럼 보고 싶지 않고, 십 년이나 못 봤는데……."

도무탄은 그리운 눈빛으로 하늘을 바라보면서 말하다가 고개를 가로저었다.

"아니, 새해가 됐으니까 이제 십일 년이다. 집을 떠난 지 십일 년이나 됐다."

"정말 독해. 이렇게 가까운 곳에 가족을 두고도 십일 년씩 이나 찾아가지 않다니……."

"그래. 난 독했다."

"돈 버는 게 그렇게 중요했어?"

"……."

"돈 그렇게 많이 벌어서 죽을 때 갖고 갈 거니?"

"……."

녹상은 눈을 감고 누워서 오른쪽 다리를 왼쪽 무릎에 얹고 다리를 까딱거리면서 종알거리고 도무탄은 벙어리처럼 아무 말도 못했다.

"십일 년이면 긴 세월이야. 그사이 가족들에게 무슨 변고 라도 생겼으면 어쩔 거야?"

"……."

"오빤 정말 독한 놈이다. 독한 놈이야… 쯧쯧쯧……."

"그만 가자."

꿍!

"악!"

듣다 못해서 도무탄이 발을 슬쩍 빼면서 일어나는 바람에 허벅지를 베고 누워서 종알거리던 녹상은 뒷머리를 바위에 호되게 부딪치고 말았다.

"으으……."

그녀는 뒷머리를 감싸 안고서 끙끙거리다가 냅다 도무탄에게 달려가며 악을 썼다.

"야! 이 자식아! 피 나잖아!"

탁탁탁!

"하하하! 조급해하지 마! 전음입밀수법은 얼핏 보면 간단한 거 같지만 은근히 까다로워서 공력이 출중한 녀석들도 며칠씩 걸린다니까?"

도무탄의 부탁으로 반 시진에 걸쳐서 전음입밀수법을 자세히 가르쳐 주고 나서 녹상은 그의 어깨를 두드렸다.

산 아래 조금 넓은 길로 나온 두 사람은 어깨를 나란히 하고 걸어가고 있는 중이다.

녹상은 자상한 스승 같은 표정으로 설명을 이었다.

"전음입밀을 하기 위해서는 그다지 많은 공력이 필요하지는 않아. 십 년 남짓 공력만 있으면 전음의 첫 단계는 실행할 수 있어. 그러나 역시 문제는 공력으로 성대를 어떻게 잘 울리냐는 것이고, 성대를 울린 전음이 입을 통과할 때 혀와 입술을 제대로 움직여 줘야 한다는 거야."

[알았어.]

"지금부터 열심히 연습하면 오빤 일 년쯤 후에는 전음이 가능할 거야."

[그렇게 오래 걸리나?]

"현재 오빠 공력이 전혀 없잖아. 십 년 공력을 모으려면 영약의 도움을 받아도 족히 일 년은 걸릴 거야."

[흠! 역시 그렇겠지?]

녹상은 미간을 좁히며 도무탄을 쳐다보았다.

"그런데 갑자기 목소리가 왜 잠겼어? 감기에 걸린 거 같은 목소리……."

[그런 것 같니?]

"……."

녹상은 도무탄이 입술을 거의 움직이지 않으면서 자신을 보면서 빙그레 미소 짓자 눈이 동그래졌다.

"그거… 전음이야?"

[그럼 뭔 것 같으냐?]

"오빠 정말……."

[대단하지?]

녹상은 대단하다고 말하려다가 그가 순진무구한 표정으로 쳐다보자 웃음이 터졌다.

"푸핫핫핫! 그래 멋져!"

도무탄 얼굴에 침이 다 튀었다.

녹상은 그에게 이미 십 년을 상회하는 공력이 생겼다는 사실을 깨달았다.

실상 그녀는 요즘 운공조식을 할 때마다 자신의 공력이 증진됐다는 것을 느꼈었다.

그리고 그 이유가 서림장에 머물면서 복용했던 만년삼왕이나 천년하수오 덕분이라고 생각했다.

그래서 현재 그녀의 공력은 십 년쯤 증진되어 육십 년, 즉 일 갑자가 되었으니 도무탄이 십 년 공력이 생긴 것이 이상한 일은 아니다.

도무탄은 녹상이 가르쳐 준 대로 했다가 뜻밖에도 전음입밀수법이 성공하자 그때부터 줄기차게 연습했다.

도무탄이 고향집이 삼십여 리쯤 남았다고 말하고 나서 녹상은 지나가는 말처럼 입을 열었다.

"오빠. 물어볼 게 하나 있어."

"그래."

물어볼 게 있다면서 녹상은 한동안 아무 말도 하지 않고 묵묵히 땅만 굽어보면서 걸었다.

"무슨 말이냐?"

도무탄이 물어서야 그녀는 어렵게 입을 열었다.

"그저께 소연풍과 독고지연하고 술 마셨을 때 말이야."

"그래."

"그날 밤에 있었던 일 다 기억하고 있어?"

도무탄은 생각하는 듯한 표정을 지었다.

"대충은……."

녹상은 그의 눈치를 힐끗 살피고 나서 매우 조심스럽게 말하는데 평소의 그녀답지가 않다.

"그날 밤에 몹시 취해서 오빠하고 나, 그리고 독고지연 이렇게 셋이서 한 침상에서 잔 거 기억해?"

도무탄은 고개를 갸웃거리며 알쏭달쏭한 표정을 지었다.

"그랬던 것 같기도 하고……."

그날 아침에 잠에서 깨었을 때 녹상은 자신이 벌거벗은 모습으로 도무탄에게 안겨서 그의 크게 발기한 음경을 꼭 쥐고 있는 모습을 발견했었다.

그래서 자신이 술김에 도무탄하고 정사를 하여 그에게 순결을 주었다고 믿고 있었다.

그것 때문에 그녀는 그날 아침에 일어나서 마음이 몹시 심란하여 서림장 밖으로 나가서 이리저리 산책을 했었다. 그러느라 소연풍이 떠날 때에도 그를 보지 못했었다.

그녀는 천상옥화 독고지연이 말없이 사라진 것 역시 같은 이유 때문일 것이라고 추측했다. 독고지연도 취중에 도무탄과 정사를 한 것이 분명했다.

녹상은 그날 밤에 만취한 자신이 독고지연에게 도무탄과 함께 자자면서 이끌고 갔었던 기억이 있다.

술이 원수다. 아니, 술이 무슨 죄가 있겠는가. 원수라면 주책바가지이고 푼수인 녹상 자신이다.

그녀는 입술을 꼭 깨물고 걸음을 멈추면서 도무탄의 팔을 붙잡았다.

"반드시 확인해야 할 게 있어."

"뭐냐?"

녹상은 등줄기에 땀이 차는 것을 느끼면서 빨리 이 고문에서 벗어나고 싶다는 생각이 들었다.

"오빠 나하고 잤지?"

"그래."

"아……."

녹상은 맥이 탁 풀리면서 한숨이 새어 나왔다. 그가 자신하고 정사를 했다는 사실이 기쁘기도 하고 한편으로는 허무하기도 했다.

"지연 말이야. 독고지연하고도 잤어?"

"잤지."

그 말에 녹상은 온몸에 맥이 쭉 빠졌다가 갑자기 목과 이마에 핏대를 세우며 도무탄을 쏘아보았다.

"그럴 줄 알았어."

도무탄은 의아한 표정을 지었다.

"뭘 그럴 줄 알았다는 게냐?"

"지연하고 잘 줄 알았다구! 이 나쁜 새끼야!"

도무탄은 녹상이 필요 이상으로 화를 내고 욕까지 하니까 어리둥절했다.

"너하고도 잤다면서?"

"나하고 잔 건 그렇다 치고 지연하고는 왜 잔 거야?"

도무탄은 양팔을 벌려 보였다.

"그걸 내가 어떻게 아느냐?"

"모른다고? 금방 잤다고 말했잖아!"

도무탄은 고개를 절레절레 흔들었다.

"아냐. 조금 전에 네가 말했어. 그저께 밤에 취해서 나하고 너, 그리고 독고지연 이렇게 셋이 잔 거 기억하느냐고 나한테 물었잖아."

"그… 랬지."

녹상은 이야기가 뭔가 이상하게 돌아가는 것을 느꼈다.

"그 얘기야?"

"그러니까 나는 그날 너와 독고지연하고 잔 걸 기억하지 못하는데 네가 말해주었잖느냐. 조금 전에 셋이 같이 잤다고 말이야."

"아……."

그녀는 정사를 '잤느냐' 는 말로 물었는데 도무탄은 말 그대로 '같이 잤다' 는 뜻으로 받아들인 것이다.

"그럼 오빠도 모르는 거로구나."

"뭘 몰라?"

"오빠가 나하고 정사를 했는지 어쨌는지,"

"정사? 남녀가 몸을 섞는 거 말이냐?"

녹상은 얼굴이 붉어지면서 눈을 내리깔았다.

"그래."

"그거라면 난 모르겠어."

녹상은 흡사 맛있는 요리를 양껏 먹고 나서 체한 것 같은 기분이라서 시무룩해졌다.

"그런데 한 가지는 알겠다."

도무탄이 다시 걷기 시작하면서 말했다.

"뭔데?"

녹상은 마른침을 삼키면서 그의 옆에 바짝 따라붙었다.

"그날 새벽녘에 목이 말라서 잠깐 잠이 깼었는데 너하고 독고지연이 양쪽에서 알몸으로 나한테 안겨서 내 거길 꼭 잡고 있더라. 그래서 목마른데도 그냥 참고 잤지."

녹상은 뜨끔해서 아무 말도 하지 않았다. 그녀는 독고지연도 자기처럼 도무탄의 음경을 잡고 잤다는 사실을 이제야 알게 되었다.

도무탄은 먼 곳을 보면서 득의한 미소를 지으며 느긋한 얼굴로 말했다.

"흐흐흐… 그것만 보더라도 우리 셋이서 뜨거운 밤을 보낸 것 같지 않느냐?"

퍽!

"컥!"

순간 녹상의 발이 도무탄의 복부를 내질렀다.

그녀는 땅에 주저앉아서 배를 움켜잡고 끙끙 고통스러운 신음을 흘리고 있는 도무탄을 남겨둔 채 혼자서 당당하게 걸어갔다.

"멍청아! 거기서 뜨거운 배나 쓰다듬고 있어!"

늦은 오후 무렵에 도무탄과 녹상은 원평(原平)이라는 마을에 도착했다.

"여기야?"

"여기서 동북쪽으로 조금 더 가야 한다."

삼백여 호 정도의 아담한 마을의 거리를 나란히 걸어가면서 녹상이 주위를 둘러보며 묻자 도무탄은 거리 앞쪽을 가리키며 대답했다.

"오빠, 잠깐 저리 가보자."

갑자기 녹상이 그의 팔을 잡고 길가의 어느 점포로 이끌었는데 그곳은 매의점(賣衣店:옷가게)이었다.

그러고 보니까 두 사람의 옷은 거지꼴이나 다름이 없어서 옷을 사서 입어야 할 처지였다.

"십일 년 만에 고향집에 가는데 금의환향은 아니더라도 거지꼴은 곤란하잖겠어?"

두 사람은 원평 매의점에서 제일 비싸고 좋다는 경장을 한 벌씩 사서 입었다.

가족들에게 칙칙한 모습을 보이면 안 된다는 녹상의 권유에 따라 도무탄은 백의에 가까운 은은한 청의 경장을, 녹상은 옅은 살구색 경장을 입었다.

매의점을 나온 녹상은 그 길로 육점(肉店)에 들러서 좋은 부위의 암돼지 고기와 암소 고기를 무려 열 근씩이나 샀다. 만약 도무탄이 말리지 않았으면 아예 암돼지와 암소를 한 마리씩 샀을 것이다.

그런데 그게 전부가 아니다. 육점을 나와서는 어물전(魚物廛)에 들러 그 집에서 가장 비싸고 큰 민어와 농어를 한 마리씩 샀다.

이런 생선들 특히 민어는 최고급 어종이라서 일반 백성들은 평생 먹어볼 기회가 없다.

민어를 이런 마을의 어물전에서 팔고 있다는 자체가 경이로운 일이었다.

"들어."

그녀는 어린아이만 한 크기의 민어와 농어의 아가미를 꿴 줄을 도무탄에게 내밀고 자신은 묵직한 돼지고기와 쇠고기 꾸러미를 들었다.

그녀는 도무탄과 나란히 걸으면서 어울리지 않게 약간 수줍은 듯한 미소를 지었다.

"우리 둘이서 오빠네 고향집에 가면 가족들이 날 누구라고 생각할까?"

도무탄은 그녀의 말뜻을 제대로 알아듣지 못하고 빙그레 미소 지었다.

"걱정 마라. 의동생이라고 소개할게."

"그래도 가족들은 그렇게 생각하지 않을걸?"

"그럼 뭐라고 생각한다는 게냐?"

녹상은 희고 긴 손가락 하나를 세워 보였다.

"아홉 살 때 집을 뛰쳐나가서 십여 년 만에 돌아온 아들이 절색미녀를 데리고 와서 여동생이라고 소개한다. 과연 그 말을 누가 믿을까?"

도무탄은 누굴 찾는 듯 주위를 두리번거렸다.

"절색미녀가 어디에 있는데?"

녹상은 도무탄의 귀를 잡아당겼다.

"어이, 어이. 당신 눈에는 내가 뭘로 보이지?"

"여동생."

녹상은 음험한 미소를 지었다.

"가족들에게 내가 오빠의 음경을 꼭 잡고 자는 사이라고 해도 여동생이라고 생각할까?"

도무탄은 눈을 가늘게 뜨고 진지한 표정을 지으며 그녀를 굽어보았다.

"너 내 색시가 되고 싶은 것이냐?"

"무, 무, 무… 슨 벼락 맞을 소리를… 어험! 험!"

그녀는 펄쩍 뛰며 손을 마구 휘저었다.

퍽! 퍽! 퍽! 퍽!

"옥! 헉! 으윽……."

그런데 하필이면 돼지고기를 묶은 줄을 잡고 있는 손을 흔드는 바람에 돼지고기 묶음이 도무탄의 양 뺨을 교대로 강타했다.

원평 거리의 끄트머리쯤에 이르렀을 때 도무탄이 갑자기 표정이 크게 변하더니 길가의 만두집을 쳐다보면서 걸음을 멈추었다.

거기 점포 밖에 내놓은 김이 무럭무럭 나는 만두를 찌는 커다란 솥 앞에 일남이녀가 서 있었다.

녹상은 그들을 주시하는 도무탄의 얼굴에 반가움이 떠오르고 눈동자가 일렁이는 것을 보고 어쩌면 저들 일남이녀가 그의 형제일지도 모른다고 짐작했다.

그게 사실이라면 정말 신기한 일이다. 십일 년 만에 고향집을 찾아가는 길목에서 형제들을 만나다니, 마치 그들이 미리 알고 마중이라도 나온 것 같지 않은가.

일남일녀는 뒷모습을 보이며 나란히 서 있어서 나이라든가 용모는 알 수가 없다.

하지만 가운데 서 있는 남자는 키도 체구도 매우 커서 마치 거대한 곰이 서 있는 것 같았다.

남자의 오른쪽에 서 있는 여자는 보통 키에 가녀린 체구이며 혼인을 한 여자인 듯 머리를 틀어 올렸고, 남자 왼쪽의 여자는 자그마한 키에 체구도 연약해 보였고 도투락 땋은 머리를 한 모습이다.

세 사람은 하나같이 두툼한 짐승 가죽으로 만든 옷을 입어서 북쪽지방의 추운 겨울에 잘 대비를 한 모습이다.

오른쪽의 여자가 미리 준비해 온 깨끗한 천을 깐 대나무 그릇에 주인이 주는 만두를 받는 동안 남자와 또 한 명의 자그마한 여자는 고개를 길게 빼고 먹고 싶은 듯 그 광경을, 아니, 만두를 구경했다.

세 사람은 주인이 주는 열 개의 만두를 하나씩 대나무 그릇에 받는 행위를 마치 성스러운 의식을 치르듯이 행하고 또 지켜보았다.

일남일녀는 만두를 열 개 사고 구리돈 한 냥을 냈다. 구리돈 한 냥에 열 푼이니까 얼굴만큼이나 큼직한 만두 하나에 한 푼인 모양이다.

대나무 그릇을 들고 있는 여자는 조심스럽게 만두를 하나씩 꺼내서 남자와 여자에게 주고 자신도 하나 손에 쥐고는 만두집 앞을 떠나 도무탄과 녹상에게 뒷모습을 보이며 나란히 거리를 걸어갔다.

도무탄은 열 걸음쯤 뒤에서 천천히 그들을 뒤쫓았고 나란히 걷고 있는 녹상은 입을 꼭 다물고 잠시 후에 무슨 일이 벌어질는지 기대하는 표정을 지었다.

[오른쪽이 누나 도란(途蘭)이고 가운데가 형 도능부(途凌夫). 왼쪽이 누이동생 도도(途萄)야.]

도무탄이 전음으로 녹상에게 설명해 주었다.

[그동안 십일 년이 흘렀으니까 형은 스물다섯 살, 누나는 스물일곱 살, 누이동생은 열여섯 살이 됐을 거야.]

앞의 삼 남매는 거리를 벗어나 관도인지 시골길인지 모를 산길을 따라 오르기 시작했다.

[나까지 사 남매에 부모님과 할머니, 모두 일곱 식구였어. 십일 년 전 그 해는 대기근에 흉작이라서 우리 마을에서는 하루에도 몇 명씩 굶어 죽었지.]

녹상도 십일 년 전의 대기근을 기억하고 있다. 천하를 휩쓴 대기근이라서 그녀가 살았던 산동성에서도 살아 있는 사람보다 굶어서 죽은 시체가 더 많았을 정도였다.

그때 아홉 살 어린 나이에도 먹을 것이 없는 집에서 자신의 한 입이라도 덜어주는 것이 부모님과 가족을 위한 길이라 깨닫고 가출을 결심했었던 도무탄이었다.

第二十八章

가족의 의미

등룡기

시골길을 걸어가고 있는 사람은 도무탄과 녹상, 그리고 이장 앞의 삼 남매뿐이었다.

그런데 삼 남매는 뒤따라오는 두 사람이 여간 신경 쓰이는 게 아닌 듯했다.

그도 그럴 것이, 녹상이 어깨에 메고 있는 검 때문이다. 그녀는 아무리 순진한 체 다소곳한 자세를 취해도 외모상으로 어쩔 수 없는 무림인이다.

무림인들이 즐겨 입는 경장 차림인데다 걸음걸이나 행동거지, 온몸과 표정에서 풍기는 강렬한 기운 등이 보는 사람을 압도한다.

도무탄은 무림인은 아니지만 녹상하고 함께 걷다 보니까 덤터기로 무림인처럼 보이는 양상이다.

더구나 그는 걸음걸이나 행동거지가 너무 당당해서 뭔가 크게 한가락 하는 사람 같았다.

도씨 삼 남매는 처음에는 만두를 먹으면서 명랑하게 대화를 하며 길을 가다가 어느 순간 뒤따라오는 도무탄과 녹상을 발견하고는 그때부터 침묵을 지키면서 자꾸 뒤쪽 두 사람의 눈치를 살폈다.

원평 같은 시골마을은 몇 년이 지나도 무림인 한 명 볼까 말까한 곳이다.

그렇기 때문에 검을 휴대한 녹상과 도무탄이 도씨 삼 남매를 주눅 들게 만들기는 충분하고도 남았다.

하지만 도무탄과 녹상은 삼 남매가 자신들을 두려워하고 있을 것이라곤 꿈에도 모르고 있다.

도씨 삼 남매는 불안한 표정으로 자꾸 도무탄과 녹상을 힐끗거리면서 뒤돌아보았다.

이 길로 가면 삼 남매가 사는 산골마을뿐인데 두 명의 무림인이 무엇 때문에 자기들 마을에 가는 것인지 궁금하면서도 두려웠다. 무림인이라고 하면 떠오르는 것이 오로지 살인뿐이기 때문이다.

길 가장자리로 걸어가던 삼 남매의 걸음이 자꾸만 느려졌다. 두 명의 무림인이 자신들을 지나쳐서 먼저 가기를 바라는 것이다.

도무탄과 녹상은 삼 남매의 걸음이 느려지는 것을 알았으나 그렇다고 일부러 자신들까지 걸음을 늦추지는 않았기에 거리가 점점 가까워졌다.

삼 남매는 아예 길가에 멈춰서 등 뒤 길 한복판으로 걸어오고 있는 도무탄과 녹상이 지나가기를 기다리면서 일부러 말없이 먼 산을 보고 있었다.

잠시가 지나서 아무런 기척이 없기에 삼 남매는 두 사람이 지금쯤 지나갔으려니 짐작하고 먼 산에서 시선을 거두고 뒤돌아보았다.

"아앗!"

"어맛?"

삼 남매는 자신들의 바로 뒤에 나란히 서 있는 도무탄과 녹상을 발견하고 혼비백산해서 비명을 질렀고, 도란과 도도는 가운데 서 있는 도능부의 양쪽 팔에 매달리지 않았으면 뒤로 자빠졌을 것이다.

안색이 해쓱해진 도란과 도도는 감히 도무탄과 녹상을 바라보지도 못했다.

바짝 긴장한 도능부가 마른침을 꿀꺽 삼키고는 용기를 내서 물었다.

"무슨… 일이십니까?"

맨손으로 늑대의 아가리를 찢어서 죽였다는 도능부지만 무림인 앞에서는 맥을 추지 못했다.

도무탄은 어린 시절 희노애락을 함께했던 형제들을 한 걸음 앞에서 응시하며 감개무량하여 일순간 아무 말도 하지 못했다.

"뭐하고 있어? 무슨 일이냐고 묻잖아?"

그러자 녹상이 예의 카랑카랑한 쇳소리로 도무탄을 재촉했다. 삼 남매를 위축시키고도 남을 목소리인데 그녀 딴에는 한껏 부드럽게 말한 것이다.

도능부는 거대한 체구만큼이나 간담이 크고 겁이 없는 사람이지만 무림인이 한 걸음 앞에서 카랑카랑하게 외치는 소리를 듣고는 안색이 변했다.

도무탄은 고개를 끄떡이면서 손을 들어 녹상에게 조용하라는 시늉을 했다.

삼 남매는 동생이며 오빠인 도무탄을 한 걸음 앞에서 보면서도 그를 전혀 알아보지 못했다.

십여 년 전에는 다들 제대로 먹지를 못해서 비루먹은 강아지 같은 모습들이었기 때문에 지금의 헌앙하고 준수한 도무탄이 그 옛날 볼품없었던 그 아이라고는 상상조차 하지 못하는 것이다.

도무탄은 왼쪽의 도도부터 도능부, 도란을 차례로 찬찬히
바라보았다.

"흐윽……."

제일 어린 도도는 그의 시선을 접하고는 너무 겁이 나서 몸
을 부들부들 떨며 낮은 신음을 흘렸다.

슥—

도무탄은 도도의 머리를 향해 손을 뻗었다.

탁!

그러자 도능부가 재빨리 팔을 뻗어 도무탄의 손을 가로막
았다. 도무탄이 도도를 해칠까 봐 그런 것이다.

하지만 도무탄은 손을 그대로 뻗어 도능부의 팔을 옆으로
밀어냈다.

보통 사람의 허벅지만큼이나 굵은 도능부의 팔이지만 도
무탄의 오른팔에 실려 있는 권혼력을 당할 수는 없다.

도능부는 팔에 잔뜩 힘을 주었는데도 가볍게 밀리자 놀라
면서도 착잡한 표정을 지으면서 과연 무림인을 당할 수는 없
다는 생각을 했다.

스슥…….

도도는 도무탄이 자신의 머리를 쓰다듬자 두 손을 가슴에
모으고 눈을 질끈 감았다. 그녀는 어쩌면 이 무림인이 자신을

죽일지도 모른다고 생각했다.

문득 도무탄은 귀여운 도도를 보고 장난기가 발동했다.

[울보공주야.]

그래서 눈을 꼭 감고 있는 도도의 머리를 쓰다듬으면서 그녀만 듣도록 전음을 보냈다.

"……?"

도도는 의아한 표정을 지으면서 살며시 눈을 뜨고 주위를 두리번거리다가 도무탄을 바라보았다.

[잘 있었느냐? 우리 울보공주.]

도무탄이 떠날 때 도도는 다섯 살이었고 걸핏하면 잘 우는 그녀를 '울보공주'라고 부르는 사람은 도무탄뿐이었다.

그가 쓰다듬던 손을 내리자 도도는 눈을 깜빡거리면서 그를 바라보았다.

도무탄은 빙그레 미소를 지었다.

[날 모르겠느냐? 거지왕자다.]

"아아……."

도도는 나중에 커서 오빠에게 시집을 가겠다고 입버릇처럼 말하면서 그를 왕자님이라고 불렀다. 그런데 돈 없는 가난한 왕자라고 나중에 거지왕자라고 고쳐서 불렀다.

몸을 부르르 떠는 도도의 커다란 두 눈에서 눈물이 후드득 마구 떨어졌다.

도도는 도무탄의 얼굴에서 과거의 모습을 조금도 찾을 수 없었으나 그의 온화한 눈빛만은 예전의 그 눈빛과 똑같다고 판단했다.

"거지왕자……."

그녀는 중얼거리면서 도무탄에게 다가갔다.

도무탄이 팔을 벌리자 그녀는 울음을 터뜨리면서 품속으로 뛰어들었다.

"으앙! 거지왕자!"

도란과 도능부는 도도의 갑작스런 행동에 소스라치게 놀라 어쩔 줄을 몰랐다.

흐느껴 우는 도도를 품에 안은 도무탄은 가슴이 뭉클해서 그녀의 등을 쓰다듬었다.

어렸을 때 그보다 네 살 어린 막내 도도는 언제나 그가 돌봐야만 했었다.

그 당시에 열여섯 살이었던 도란과 열네 살이었던 도능부는 한 움큼의 곡식이라도 벌어오기 위해서 온종일 밖에 나가서 고된 일을 해야만 했었다.

아홉 살이었던 도무탄은 하루 종일 집에서 다섯 살짜리 도도하고 단둘이서 놀았었다.

도도는 어렸을 때부터 체구가 작아서 도무탄이 늘 안거나 업고 다녔었다.

밥을 먹거나 잠을 잘 때도 한시도 떨어지지 않았으며 대소변을 볼 때도 부모 대신 도무탄이 돌봐주었다.

그러므로 부모는 도도를 낳아주기만 했지 도무탄이 부모나 다름이 없는 존재였었다.

여북하면 도무탄은 가출했을 때 어느 누구보다도 도도를 두고 온 것이 가장 마음에 걸렸었다.

도도가 낯선 청년 품에 안겨서 우는 것을 보고 있는 도란은 문득 조금 전에 도도가 청년을 '거지왕자'라고 불렀던 것을 기억해 냈다.

'거지왕자라면……'

도란은 아주 오래전에 어린 도도가 누군가를 '거지왕자'라고 불렀던 희미한 기억을 끄집어냈다.

그러자 한 명의 꾀죄죄한 모습을 한 어린 소년의 모습이 흐릿하게 떠올랐다.

"설마……."

도란은 불신이 가득 떠오른 표정을 지으면서도 몸은 도무탄을 향해 주춤거리면서 다가가고 있었다.

"당신이 설마 무탄… 탄이라는 말인가요?"

도무탄은 도도를 안은 상태에서 도란을 보면서 환하게 미소 지었다.

"그래, 미미(美美) 누나. 나 탄이야."

"아아……."

도란은 자태가 곱기로 인근에 소문이 자자했으며 가족들
은 그걸 대단한 자랑으로 여겼었다.

그래서 부모는 첫아이며 큰딸에게 도란이라는 이름을 지
어주고서도 걸핏하면 '미미'라고 불렀었다.

"아아… 설마……."

도란은 자신보다 머리 두 개는 더 크고 생전 처음 보는 준
수한 청년으로 변한 도무탄을 보며 반신반의하는 표정을 지
었다.

지금의 저 모습에서 비루먹은 강아지 같은 모습의 아홉 살
거지왕자 도무탄의 모습은 도저히 찾을 수가 없다.

"우리 탄이라니 믿어지지가 않아요……."

도무탄은 빙그레 미소 지으며 손가락으로 도란의 왼쪽 젖
가슴을 가볍게 찔렀다.

쿡…….

"미미 누나 왼쪽 가슴에 쌀알 크기의 점 하나 있잖아."

어렸을 때에는 개울에서 같이 목욕도 하고 아이들 방이 하
나뿐이라서 잠도 같이 잤었다.

그녀의 왼쪽 가슴에 쌀알 크기 점이 있다는 것까지 알고 있
다면 도무탄이 틀림없다.

"아아… 정말 탄이로구나… 우리 탄이가 맞아……."

도란은 두 눈에 눈물이 가득 차오르며 기쁨으로 몸을 바르르 떨었다.

'우리 탄이' 라는 말에 도무탄은 눈이 촉촉해졌다. 세상천지에 그를 그렇게 불러줄 사람은 가족뿐이다.

세상 사람들에게 제아무리 큰 존경을 받고 위대한 명성을 누린다고 해도 가족에게 받는 작은 사랑만 못하다.

도무탄은 도도를 품에서 떼어내고 두 팔로 도란의 허리를 감아 번쩍 가볍게 안았다.

"보고 싶었어, 미미 누나."

그가 자신의 키 높이에 맞춰서 안았기 때문에 도란의 두 발은 땅에서 한 자나 떨어졌다.

그녀는 두 손으로 도무탄의 뺨을 감싸고 비 오듯이 눈물을 흘렸다.

"탄이가 이렇게 훌륭하게 성장하다니… 아아… 우리의 기도가 하늘에 닿았구나…….."

"기도했어?"

"그럼… 어머니하고 할머니, 그리고 나하고 도아는 매일 밤마다 뒤뜰에 촛불을 켜두고 너의 무사안녕을 빌었어. 지난 십일 년 동안……."

도무탄은 목에서 뜨거운 것이 치밀어 오르고 가슴이 먹먹해졌으며 눈물이 주르르 흘렀다.

도란은 도무탄의 목을 꼭 끌어안고 뺨을 비비면서 떨리는 목소리로 말했다.

"흑흑… 탄이가 돌아왔구나… 우리 탄이가…….."

"누나…….."

처음에는 어리둥절했던 도능부는 조금 지나서야 어떻게 된 일인지 깨닫고 두꺼비처럼 눈을 껌뻑거리면서 굵은 눈물을 뚝뚝 흘리며 도무탄에게 다가가 그에게 안겨 있는 도란까지 한꺼번에 덥석 안았다.

"네가 탄이란 말이지? 정말 탄이냐? 응?"

도무탄과 삼 남매 그러니까 사 남매는 얼싸안고 십일 년 만의 재회를 만끽했다.

녹상은 옆에서 그 광경을 지켜보면서 빙그레 미소를 짓고 있는데 뺨이 간지러워서 만져보니까 어느새 눈물이 흘러내리고 있었다.

'녹상이 도무탄을 만나서 별별 짓거리 다 하더니 이제 울기까지 하는구나. 빌어먹을… 쿨럭!'

한바탕 감격의 포옹이 한참 만에 끝났다.

재회의 감격과 기쁨, 흥분의 여운은 쉬이 사그라지지 않았다. 이런 감정은 족히 며칠은 갈 것이다.

도란과 도능부, 도도는 포옹을 풀고 나서도 지금 현재 자신들에게 벌어지고 있는 일이 도저히 믿어지지 않는 듯 도무탄의 손과 얼굴, 몸을 만지고 이리저리 자세히 살펴보느라 정신이 없다.

"언제까지 기다리게 할 거야?"

그때 삼 남매는 옆에서 들려오는 카랑카랑한 쇳소리 같은 목소리에 화닥닥 놀라서 마치 불에 덴 것처럼 도무탄에게서 떨어졌다.

삼 남매는 잠시 잊고 있었던 녹상을 보는 순간 정신이 번쩍 들면서 지금까지의 기쁨과 흥분에 차디찬 얼음물이 확 끼얹어졌다.

삼 남매는 도무탄하고의 재회의 기쁨 때문에 그가 무림인하고 함께 있다는 사실을 잠시 잊고 있었다.

녹상은 도무탄더러 지금쯤 자길 형제들에게 소개시켜야 하는 거 아니냐고 신호를 보낸 것인데 다들 과민반응을 보이니까 괜히 머쓱해졌다.

"탄아, 누구시냐?"

말주변이 없는 도능부나 어린 도도는 함부로 나설 생각을 하지도 못하고 도란이 바짝 긴장한 표정으로 조심스럽게 물었다.

삼 남매는 도무탄이 무림인의 하인이 되었거나 그와 비슷한 처지인 것으로 오해했다.

그래서 그가 상전을 모시고 어딜 가고 있는 중일 거라고 추측했다.

그렇다면 삼 남매는 도무탄의 상전을 극진하게 모시고 매사에 최대한 조심해야만 한다.

삼 남매는 설마 도무탄이 그사이에 무림인이 됐을 것이라는 생각은 추호도 하지 않았다. 그만큼 이런 시골에서의 무림인이란 굉장한 존재인 것이다.

도무탄이 녹상에게 고개를 까딱거렸다.

"상아, 내 형제들에게 인사해라."

그의 말에 삼 남매는 너무 큰 충격을 받아 얼빠진 얼굴이 되어 입을 크게 벌렸다.

녹상이 도무탄 옆으로 다가와 삼 남매를 향해 당당한 자세로 우뚝 서더니 두 손을 딱 모아 포권지례를 취하며 가볍게 고개를 숙였다.

척!

"나는 녹상이에요. 강호에서는 비류일성(飛流一星)이라는 별호로 불려요."

'가, 강호!'

듣는 것만으로도 소름이 오싹 끼치는 '강호' 라는 말에 삼 남매의 얼굴에는 경악이 떠오르고 몸은 얼음이 돼버렸다. 이들에게 '강호' 란 천상세계나 황궁, 저승 따위처럼 현실하고는 동떨어진 곳이다.

도무탄은 삼 남매의 표정과 태도를 보고는 녹상이 무림인이라서 그들이 극도로 긴장하고 겁을 먹었다는 사실을 깨닫고 그녀에게 주의를 주었다.

"상아, 좀 부드럽게 행동해라."

"이보다 더 부드럽게 어떻게?"

녹상은 무슨 애긴 줄 알아들었으나 요령부득이라는 듯 난색을 표했다.

철썩!

"나한테 하듯이 해봐."

그는 그녀의 탱탱한 둔부를 한 대 갈겼다.

"악!"

그런데 비명을 지른 사람은 둔부를 맞은 녹상이 아니라 앞에 있던 도란이다.

그녀는 도무탄이 겁도 없이 무림인의 둔부를 살살도 아니고 세게 후려치자 자신이 맞은 것보다 더 놀라서 반사적으로 비명을 터뜨렸다.

비명을 지르지는 않았지만 놀라기는 도도나 도능부도 마찬가지다.

그러나 정말로 놀랄 일은 다음에 벌어졌다. 둔부를 얻어맞은 녹상이 손으로 둔부를 어루만지면서 전전긍긍하는 표정을 지은 것이다.

"내가 평소에 오빠한테 어떻게 했는데?"

도무탄은 잠시 생각하다가 고개를 가로저었다.

"그건 안 되겠다."

평소에 녹상은 도무탄에게 천방지축 버릇없이 굴었는데 그걸 망각하고 그대로 하라고 했으니 하마터면 큰 실수를 저지를 뻔했다.

[내가 알아서 잘할게. 염려하지 마.]

녹상은 전음으로 도무탄을 안심시키고 나서 삼 남매에게 최대한 부드러운 미소를 지으며 말했다.

"나는 무탄 오빠의 의동생이에요."

"네에?"

"설마……."

삼 남매는 눈을 휘둥그렇게 뜨면서 대경실색했다. 그리고는 반신반의하는 표정으로 확인하려는 듯 도무탄을 보았다.

도무탄은 빙그레 웃으며 고개를 끄떡였다.

"좋은 녀석이라서 의동생으로 삼았어."

"오빠가 좋은 사람이라서 내가 오빠로 삼은 거죠."

도무탄이 녹상의 둔부를 툭툭 두드리자 그녀도 따라서 그의 둔부를 두드렸다.

그녀는 이렇게 하는 것이 삼 남매의 경계심을 누그러뜨려

줄 것이라고 나름대로 생각했다.

삼 남매는 도무탄이 무림인과 결의남매가 됐다는 사실이 신기하면서도 그를 대단하게 여겼다.

삼 남매는 새삼스럽게 녹상을 가만히 살펴보고는 그녀가 매우 아름다운 미모의 소유자라는 사실을 깨달았다.

도란은 다 큰 성인이 그것도 젊은 남녀가 연인관계라면 몰라도 결의남매를 맺었다는 사실이 조금 이상하다는 생각이 들었다.

바로 그때 녹상의 태연한 말이 도란의 의구심을 송두리째 날려 버렸다.

"우린 잠도 같이 자는 사이에요."

그녀는 자신과 도무탄이 그만큼 허물없는 사이라는 것을 말하고 싶었으나 삼 남매는 전혀 다른 쪽으로 생각했다.

원평에서 그다지 험하지 않은 길을 따라서 삼 리쯤 가다 보면 도무탄의 고향인 방란촌(芳蘭村)이 나온다.

험준한 운중산(雲中山)에서 발원하는 타호하(沱滹河)의 상류가 방란촌 한가운데를 흐르고 있다.

이곳은 운중산의 동쪽 끝자락이며 방란촌부터 동쪽으로 평야가 시작된다.

산서성은 대부분 산악지대로서 평야가 극히 제한적이며,

태원성에서 분수 유역을 중심으로 하여 동서로 삼십여 리의 폭을 이루어 남쪽으로 삼백여 리쯤 뻗어 있는 것이 가장 큰 평야다.

그리고 평야는 태원성에서 끊어졌다가 북쪽의 석령관을 지나서 나타나는 동서남북 삼십여 리 길이의 이른바 원평평야가 바로 이곳이다.

방란촌은 도처에 야생으로 군락을 이루는 수십 종류의 난초 때문에 생긴 이름이다.

물론 지금은 한겨울이기 때문에 근처의 온천 주변에서만 난초를 구경할 수 있다.

도무탄의 집은 십일 년 전에는 강 상류에 뚝 떨어져서 있었는데 지금은 마을 한가운데로 내려와 있었다.

그래봐야 집끼리의 거리는 가까워도 삼십여 장에 이르고, 방란촌 전체 가구는 오십여 호 정도다.

아직 해가 남아 있는 늦은 오후에 도무탄과 녹상, 삼 남매는 타호하 강가의 어느 집 앞에 당도했다.

"여기야."

도란이 가리킨 곳에는 네 채의 제법 큼직한 통나무집이 나란히 위치해 있었다.

도무탄이 가출하기 전에 살았던 여기에서 수백 장 강 상류의 비탈진 곳에 있는 조그만 초옥에 비하면 서너 배 크기의 통나무집이 네 채나 있고 뒤쪽으로는 창고나 외양간 같은 것들도 보였다.

물론 집 주위를 둘러친 담 같은 것은 있을 필요가 없다. 방란촌은 도둑이 없기로 유명하고, 통나무집 주변이 온통 마당이고 전방으로 비스듬한 언덕만 오 장쯤 내려가면 맑디맑은 강이니까 일부러 정원을 꾸밀 필요도 인공 연못 따위를 애써 만들 이유도 없다.

그뿐인가. 봄만 되면 집 근처 지천에 온갖 난초와 그에 못지않은 별별 화목이 피어나는 터라서 그 옛날 양귀비의 아방궁 부럽지 않은 경치가 생겨난다.

이곳 타호하의 상류는 강이라기보다는 조금 큰 계류에 가깝다. 근처의 온천에서 흘러나온 뜨거운 물줄기가 합류되기 때문에 한겨울에도 방란촌의 타호하는 얼지 않는 것으로 잘 알려져 있다.

"아까 우리가 원평에 갈 때 아버지는 산에 가셨어."

"산에?"

"응. 사냥하러 가셨어."

도란의 말을 도도가 자랑하듯이 이었다.

"형부하고 같이 가셨어."

도란이 살짝 얼굴을 붉히는데 도도는 도무탄의 팔을 꼭 붙잡고 재잘거렸다.

"언니 이 년 전에 혼인했는데 아기도 있어. 언니하고 형부는 아기하고 셋이서 저기 살아."

도도는 모두가 서 있는 가운데 집에서 왼쪽에 있는 통나무집을 가리켰다.

"그랬구나. 축하해, 누나."

"얘는……."

도도가 이번에는 도능부를 가리켰다.

"부 오라버니도 작년 봄에 혼인했어. 아직 아기는 없지만 새언니가 정말 착하고 예뻐."

"험! 어머니가 자꾸만 혼인하라고 성화를 해서……."

도능부는 쑥스러운지 머리를 긁적이고 얼굴을 붉히면서 헛기침을 했다.

"그랬구나. 형수는 어디 계서?"

"집에서 미미 누나 아기 보고 있을 거야."

끼이…….

"들어와."

도란이 통나무집 문을 열고 앞서 들어가고 도무탄과 녹상이 뒤따랐다.

"어머니! 저희들 왔어요!"

평소 얌전한 도란은 집으로 들어서자마자 흥분한 목소리

로 모친을 불렀다.

집안으로 들어서면 왼쪽 너른 공간에 주방과 식탁, 몇 개의 의자가 보이고, 오른쪽으로는 두 개의 방이 있는데 어느 방에서 한 명의 중년 부인이 조심스럽게 나오면서 도란에게 손사래를 쳤다.

"아유… 조용해라. 아기 깨겠다."

중년 부인, 즉 모친 손나인(孫娜仁)은 도란 뒤쪽에 낯선 사람이 서 있는 것을 보고 의아한 표정을 지었다.

"란아, 손님이 오셨느냐?"

도란은 모친이 십일 년 만에 둘째아들을 만나는 감격스러운 장면을 예상하고 벌써부터 목소리가 젖어들어 도무탄을 가리키며 말했다.

"어머니, 누가 왔는지 보세요."

손나인은 뭔가 심상치 않은 분위기를 느끼면서 도무탄과 녹상을 번갈아 쳐다보다가 시선을 도무탄에게 고정시키고 자세히 살펴보았다.

도무탄은 당장 달려들어서 모친을 와락 끌어안고 싶은 것을 겨우 참으면서 엷은 미소를 짓고 있다.

그러면서 그는 그동안 너무 오랜 세월이 흘렀으며 또한 자신의 모습이 많이 변해서 모친이 자신을 알아보지 못할 것이라고 예상했다.

"너……."

그런데 손나인은 도무탄에게 이끌리듯이 주춤주춤 다가가면서 바들바들 몸을 떨었다.

"탄이가 아니냐?"

도무탄은 움찔 놀랐다. 그에게는 십일 년 전 비루먹은 아홉 살 소년의 모습이 조금도 남아 있지 않건만, 손나인은 도대체 그의 어디를 보고서 아들이라고 알아봤다는 말인가.

그는 더 이상 어머니를 시험하는 것은 불효라는 생각이 들어서 곧 그 자리에 무릎을 꿇고 큰 절을 올렸다.

"어머니, 불효자 탄이 돌아왔습니다."

손나인은 자신이 아들이라고 지목은 했지만 막상 그의 입에서 '탄이' 라는 이름을 듣게 되자 화들짝 놀라며 안색이 창백해졌다.

그러고는 곧 엎어지듯이 도무탄 앞에 무릎을 꿇고 그를 얼싸안으며 둑이 터진 듯 울음을 터뜨렸다.

"아아… 탄아… 마침내 네가 돌아왔구나… 으흐흑……!"

그녀는 눈물범벅이 되어 그를 일으키더니 두 손으로 얼굴을 감싸듯 쓰다듬었다.

"어디 보자 내 아들… 객지에서 얼마나 고생이 많았느냐… 잘 돌아왔다……."

"어머니……."

손나인은 사십팔 세의 나이다. 아담하고 여린 체구에 고운 외모를 지녔으며 말수가 적으며 남편에게 순종적이고 가난과 궁핍을 숙명으로 받아들여 한마디 불평도 없이 사 남매를 키웠다.

아직 사십팔 세인데도 불구하고 워낙 고생을 많이 해서 머리카락은 눈이 내린 것처럼 새하얗게 세었으며 얼굴과 두 손에는 주름이 가득했다.

도무탄은 십일 년 전에 비해서 폭삭 늙어버린 모친을 보고 가슴이 미어지는 것 같았다.

"어머니⋯⋯."

태원에서 이곳 방란촌까지는 멀게 잡아야 백오십여 리 남짓의 거리다.

그런데도 도무탄은 지난 십일 년 동안 고향집에 한 번도 온 적이 없었다.

그 이유는 순전히 욕심 때문이었다. 처음에는 조금만 더 벌고 조금만 더 벌고 하다가 고향행이 미루어졌으나, 나중에는 이번 일만 끝내면 꼭 고향에 간다고 수없이 계획을 세웠다가 물거품이 되기 일쑤였다.

돈이라는 것이 벌면 벌수록 더 벌고 싶어지는 것이고, 사업이라는 것은 규모가 커질수록 눈코 뜰 새 없이 바빠지게 마련이다.

그렇게 차일피일 미루다 보니까 거짓말처럼 어느새 십일 년이란 세월이 후딱 흘러 버렸다.

가족을 잊은 것이 아니다. 솔직히 말하면 욕심이 지나쳤고 게을렀기 때문이다.

"탄아……."

손나인은 도무탄의 얼굴을 가슴에 묻고 몸서리를 치면서 흐느껴 울었다.

얼마나 슬프고 아들이 보고 싶었으면 이처럼 몸서리를 칠까 생각한 도무탄은 자신이 어머니를 보고 싶어 했었던 것은 감히 그녀의 그리움에 비할 수조차 없다는 사실을 깨달았다.

그는 까맣게 잊고 있었던, 그러나 하루도 잊은 적 없이 그리워했던 어머니의 냄새를 가슴이 터지도록 들이켜며 더없는 안도감을 느꼈다.

녹상은 모자의 해후를 보면서 콧날이 시큰거리고 뜨거운 눈물이 주르르 흘렀다.

'무탄이는 부모님과 형제들이 있어서 좋겠다…….'

손나인은 눈물을 멈추지 못하며 도무탄을 일으켰다.

"일어나라."

그녀는 그를 주방으로 이끌어 식탁의 의자에 앉고 자신은 옆에 앉아 그의 손을 꼭 잡고 뺨을 쓰다듬었다.

"그래, 그동안 어디에서 무얼 하고 지냈느냐? 밥은 굶지 않고 살았느냐?"

도무탄 뒤에 서 있는 녹상은 웃음이 나오려는 것을 참았다. 산서성 최고 부자인 그에게 밥을 굶지 않았느냐고 묻는 것은 언어도단이다.

"어머니, 저는 잘 지냈습니다."

그러나 도무탄은 전혀 내색하지 않고 엷은 미소를 지으며 대답했다.

"탄아, 그렇게 말하니까 내 아들 같지 않구나."

손나인은 옛날에 자신을 엄마라 부르고 말을 놓던 아들이 지나치게 깍듯한 것이 불편했다.

사실 도무탄도 십일 년 만에 재회한 모친에게 깍듯하게 대하는 것이 여간 어색한 것이 아니다.

"엄마."

그가 예전처럼 부르자 손나인은 비로소 환한 미소를 지었다.

"오냐."

그때 조금 전 손나인이 나왔던 방에서 한 명의 여자가 나오더니 저만치 의자에 앉아 있는 도무탄을 발견하고 크게 놀라는 표정을 지었다.

그녀는 도무탄의 헌앙한 옆모습을 바라보면서 몸을 가늘게 떨며 눈물을 글썽거렸다.

그러나 곧 서둘러서 소매로 눈물을 닦고 조심스럽게 그에게 다가갔다.

도능부가 그녀를 발견하고 급히 달려가더니 그녀의 손을 잡아 도무탄 옆으로 이끌며 환하게 미소 지었다.

"화 매, 내 동생 무탄이야. 인사해."

도무탄은 그녀를 보고는 즉시 일어나 정중히 고개를 숙이며 인사했다.

"형수님, 처음 뵙겠습니다. 둘째 무탄입니다."

"아… 소녀는……."

그녀는 크게 당황해서 어쩔 줄 모르고 허둥거리는데 눈물까지 흘렸다.

"하하하! 화 매가 놀란 모양이로군."

도능부는 팔로 여자의 어깨를 감싸면서 흐뭇한 표정을 지었다.

"말로만 듣던 시동생을 만나서 화 매가 놀랐나 보다. 자, 화 매. 탄이에게 인사해야지."

이십이삼 세쯤에 늘씬한 키와 체구, 시원시원한 이목구비를 지닌 여자는 두 손을 앞에 모으고 공손히 허리를 굽혔다.

"오랜만에 뵙겠어요."

"하하하! 오랜만이라니 무슨 소리야? 화 매가 언제 탄이를 본 적이 있었어?"

"아……."

여자는 당황해서 얼굴이 빨개지고는 다시 인사했다.

"말씀 많이 들었어요. 당화(唐花)예요."

쿵!

그때 집 밖에서 뭔가 둔중한 소리가 나더니 곧 문이 열리고 두 사람이 들어섰다.

"여보! 으흐흑!"

겨우 눈물을 그쳤던 손나인이 다시 울음을 터뜨리면서 지금 막 들어선 두 사내 중에 오십 대 초반에 기골이 장대한 초로인을 보며 외쳤다.

도무탄은 두 사내를 향해 걸어가서 세 걸음 앞에 우뚝 섰는데 뜨거운 시선으로 초로인을 응시했다.

그러나 초로인 도기군(途基君)은 손나인처럼 한눈에 둘째아들을 알아보지 못했다.

그는 심상치 않은 실내의 분위기와 손나인의 격한 반응 때문에 이런저런 생각이 분주하게 머릿속에 교차했으나 저기 서 있는 청년이 둘째아들일 것이라는 생각은 전혀 하지 못했다.

두툼한 짐승 가죽옷을 입은 도기군 옆에 서 있는 삼십 대 초반의 장한 역시 가죽옷을 입었는데 도무탄을 발견하고는 반갑고도 기쁜 표정이 얼굴 가득 떠올랐다.

하지만 모두들 도무탄과 도기군에게 신경을 쓰느라 장한의 표정 변화에는 관심을 주지 않았다.

그때 도무탄이 성큼 도기군 앞으로 다가가 넙죽 큰절을 올렸다.

"아버지, 소자 탄입니다."

"무… 무어라?"

덥수룩 반백의 짧은 수염을 기른 도기군은 부리부리한 눈을 부릅떴다.

"네가 정녕 탄이라는 말이냐?"

크게 흥분한 도기군은 도무탄의 양어깨를 잡고 힘주어 번쩍 일으켰다.

그는 양어깨를 움켜잡은 도무탄의 몸을 이리저리 움직이게 해서 얼굴의 정면과 좌우 측면을 자세히 살펴보았다. 그러더니 잠시 후 환한 표정을 지으며 웃음을 터뜨렸다.

"와핫핫핫! 내 아들 탄이가 분명하구나!"

그는 도무탄을 와락 끌어안고는 손바닥으로 등을 탕탕 두드리며 호탕하게 웃었다.

그의 웃음소리는 맑은 날에 쏟아지는 소나기처럼 흠뻑 젖은 느낌이다.

그래서 겉으로는 웃지만 속으로는 통곡을 하고 있다는 것을 실내에 있는 사람들은 다 느낄 수 있었다.

도도가 신기하다는 듯 부친에게 물었다.

"아버지, 방금 '내 아들 탄이가 분명하구나' 그러셨는데 어떻게 탄 오빠라는 걸 아셨어요?"

도기군은 안고 있는 도무탄을 풀어주고 도도의 머리를 쓰다듬으며 껄껄 웃었다.

"도야, 너는 천하에서 이렇게 잘 생긴 사내를 탄이 말고 본 적이 있느냐?"

도도는 생각할 것도 없다는 듯 고개를 가로저었다.

"아뇨."

"푸핫핫핫! 바로 그거다!"

도란이 도무탄의 손을 잡고 도기군 옆에 서 있는 당당한 체구의 사내 앞으로 이끌었다.

"탄아, 인사해. 매형이야."

각진 얼굴에 강인한 인상이며 호남형의 용모를 지닌 사내가 먼저 깊숙이 고개를 숙였다.

"추영곤(鄒英坤)입니다."

도무탄은 마주 고개를 숙였다.

"매형, 반갑습니다. 도무탄입니다."

도란은 미소 지으면서 추영곤을 바라보았다.

"이 사람은 처남을 마치 상전 대하듯 하는군요."

웃자고 하는 얘기라서 모두들 환하게 웃는데 정작 당사자인 추영곤은 웃지 않았다.

　도기군과 추영곤은 여자들과는 달리 녹상에 대해서 누구냐고 묻지 않았다.

　농사꾼이며 사냥꾼이고 동시에 약초꾼인 도기군은 무술하고는 거리가 먼 사람이지만 경험이 풍부하기 때문에 녹상이 무림인이며 그것도 매우 수준이 높은 고수라는 사실을 한눈에 알아보았다.

　또한 심상치 않은 과거를 지니고 있는 추영곤 역시 녹상의 비범함을 간파했기에 섣불리 먼저 그녀에 대해서 입을 열지 않았다.

　구태여 그러지 않아도 도무탄이나 그 누구라도 그녀에 대해서 말을 할 것이기 때문이다. 이런 상황에서 필요한 것은 용기가 아니라 약간의 인내심이다.

　두 사람의 인내심이 길어지지 않도록 도란이 녹상을 가리키며 소개했다.

　"아버지, 이분은 탄이의 의동생이래요."

　척!

　녹상이 제 딴에는 최대한 정중하게 두 손을 맞잡고 포권지례를 취하며 약간 고개를 숙였다.

　"처음 뵙겠어요. 녹상이에요."

　도무탄의 옷자락을 붙잡고 서 있는 도도가 갸름한 얼굴에

해사한 미소를 머금고 덧붙였다.

"탄 오빠하고 같이 자는 사이래요."

도란과 도도의 길지 않은 설명만으로 녹상의 신분은 완벽하게 정리되었다.

그녀가 무림고수든 뭐든 이제는 상관이 없게 되었다. 아무리 날고기는 여고수라 하더라도 가족들은 그녀를 이 집의 며느리로 받아들였기 때문이다.

第二十九章

불청객 절색미녀

등롱기

너른 주방에서는 저녁 식사 겸 근사한 술자리가 벌어졌다.

모친 손나인과 큰딸 도란, 며느리 당화가 한꺼번에 주방에 달려들어서 지지고 볶고 끓이더니 밥과 맛있는 요리들을 줄줄이 내왔다.

그런가 하면 바닥의 화덕에서는 큰아들 도능부와 맏사위 추영곤이 많이 해본 솜씨로 고기를 꼬챙이에 꿰고 소금과 양념을 발라서 구웠다.

오후 내내 산에서 사냥을 한 도기군과 추영곤은 제법 큼직한 노루 한 마리를 잡아왔는데 그걸 손질해서 구웠고, 도무탄과 녹상이 사 온 쇠고기와 돼지고기는 여자들이 갖가지 요리를 만들어서 내왔다.

이곳 북방의 집 구조는 집 한가운데 바닥에 네모지고 푹 파인 큼직한 공간이 있으며, 그곳에서 불을 피워서 커다란 솥에 늘 물을 끓이는데, 그곳 모닥불의 열기와 솥에서 나온 수증기로 실내의 온도와 습도를 항상 일정한 수준으로 따뜻하게 유지한다.

또한 지붕이 이 장 정도로 매우 높으며 지붕 양옆이 트여 있기 때문에 그곳으로 연기가 빠져나가서 집안에 연기가 찰 걱정은 없다.

불길이 활활 타오르고 있는 화덕을 마주하고 바닥에 앉은 도무탄 좌우에는 손나인과 도도가 꼭 붙어 있어서 녹상이 끼어들 자리가 없다.

도무탄을 중심으로 해서 오른쪽에 도란 부부가, 왼쪽에는 도능부 부부가, 맞은편에 도기군이 앉았으며, 모두들 바닥에 놓인 밥과 요리를 맛있게 먹으며 이야기꽃을 피우느라 여념이 없다.

"탄아, 술 마실 줄 아느냐?"

"아버님보다 더 잘 마실 걸요?"

도기군이 넌지시 묻자 도무탄 왼쪽 도도 옆에 앉은 녹상이 쾌활하게 맞장구치며 대답했다.

그녀 입에서 아버님이란 소리가 수없이 연습한 것처럼 술술 잘도 나왔다.

원래 그녀는 내숭 같은 것은 부릴 줄 모르고 마음이 내키지 않으면 누가 죽인다고 해도 억지로는 손가락 하나 까딱하지 않는 성격이다.

지금 그녀가 이러는 것을 보면 분위기나 이 집 가족이 아주 마음에 드는 모양이다.

도기군은 빈 잔을 쥐고 녹상에게 물었다.

"그렇소? 그럼 여협께서도 물론 술을 마시겠지요?"

"여협은 무슨, 그냥 이름을 부르세요. 상아라고요."

"어… 떻게 그런……"

평소 화통한 성격의 도기군이지만 녹상의 기세에는 어쩐지 밀리는 것 같았다.

녹상은 울상을 지으며 도무탄에게 도움을 청했다.

"오빠, 어떻게 좀 해봐. 내가 아버님께 여협 소리를 들어야 되겠어?"

도무탄은 녹상을 가리키면서 부친에게 빙그레 미소 지었다.

"제게 대하듯 편하게 대하세요. 그러지 않으시면 제가 두고두고 괴롭힘을 당할 거예요."

"허어… 그러냐?"

도기군은 짐짓 곤란하다는 표정을 지었으나 흡족한 표정이 더욱 역력했다.

과연 술은 명약(名藥)이다.

추운 지방일수록 독한 술을 마시는데 이곳 방란촌의 술은 마시고 나서 트림을 할 때 숯불을 갖다 대면 불이 붙는다는 독한 염주(炎酒)다.

중원에서 독한 술이라고 하면 보통 화주(火酒)라고 하는데 염주는 화주보다 두 배 이상 독하다. 오죽하면 불꽃 '염'을 쓰겠는가.

"하하하! 아버님! 이 술 제 입맛에 딱 맞아요!"

산서성 북방 염주로 통하는 보강주(補强酒) 대여섯 잔에 기분이 한껏 좋아진 녹상은 아예 맞은편 도기군 옆으로 자리를 옮겨서 잔을 부딪치며 한껏 신바람이 났다.

"으헛헛헛! 그러냐? 술을 얼마든지 있으니까 마음껏 마셔도 되느니라!"

도기군은 둘째아들이 돌아와서 기쁜 것인지 아니면 둘째 며느리가 마음에 드는 것인지 모를 정도로 녹상에게 푹 빠져서 연신 너털웃음을 그칠 줄 몰랐다. 만약 누가 본다면 두 사람이 만난 지 채 한 시진도 되지 않았다는 사실은 아무도 믿지 않을 것이다.

대화는 주로 도무탄을 중심으로 돌아가고 있지만 녹상과 도기운만은 예외다.

두 사람은 간담상조(肝膽相照) 죽이 맞아서 서로 술을 따르며 아버님 먼저, 아니, 며느리 먼저 사양하며 권커니 잣거니 수없이 건배를 부르짖었다.

"탄아, 이제 집에 아주 돌아온 거지?"

손나인이 도무탄의 손을 어루만지면서 묻자 도무탄은 대답할 말이 궁해졌다.

"어머니……."

그녀의 물음은 매우 중요한 것이어서 모두들 도무탄의 대답을 기다렸다.

손나인은 다시 눈물을 글썽거렸다.

"나는 네가 아주 돌아온 것이라고 믿는다."

도무탄이 말을 하지 못하고 곤란한 표정을 짓고 있는 것을 손나인은 다른 것으로 오해를 했다.

"탄아, 우리는 이제 살 만하단다. 예전처럼 그렇게 가난하지 않으니까 먹고사는 것은 염려하지 마라."

그녀는 도기군 옆에 앉아 있는 녹상을 바라보았다.

"우리는 형편이 많이 좋아져서 너와 며늘아기가 편안하게 안주할 수 있도록 물심양면 도울 수 있단다."

도란이 옆에 꼿꼿하게 앉아 있는 추영곤을 정거운 눈빛으로 바라보고는 손나인의 말을 도왔다.

"이 사람이 나하고 혼인하고 나서 원래 갖고 있던 돈으로 방란촌에서 제일 좋은 밭을 꽤 많이 샀어. 지금은 방란촌에서 우리 밭이 제일 커. 거기에서 한 해에 나는 소출이 쌀과 보리로 자그마치 이백 섬이 넘어. 우리 가족이 오십 섬을 먹고 나머지는 내다팔아서 돈을 모았는데, 이제는 생활이 꽤 윤택해졌어."

도능부도 당화의 어깨를 감싸면서 거들었다.

"화 매가 혼인할 때 갖고 온 지참금으로 소와 돼지, 양, 염소, 닭 등을 사서 키웠는데 지금은 가축이 백 마리가 넘고 닭은 이백 마리가 넘는다. 한 달에 서너 마리씩 새끼를 낳아 마릿수가 늘고 있는데 가축 수가 늘어나는 재미도 여간 쏠쏠하지 않다. 그러니까 앞으로는 농사를 짓지 않아도 될 정도다."

"농사는 지어야지."

"하하하! 말이 그렇다는 거지, 누나."

도란의 말에 도능부가 웃으면서 응수했다.

손나인은 도무탄의 손을 꼭 잡고 당부했다.

"잘 들었지? 그러니까 이제는 어디 가지 말고 여기에서 가족과 함께 오순도순 살자꾸나."

"그래, 탄아. 또다시 너와 헤어진다는 것은 상상하고 싶지도 않아."

도란까지 간절한 표정으로 애원하듯이 말하고 나서 이번에는 도도가 그 옛날 다섯 살배기 어린 여자아이 때처럼 도무탄의 허벅지에 그와 마주 보는 자세로 다리를 벌리고 앉아 그의 가슴에 폭 안겼다.

"탄 오빠 가면 나는 칵 죽어버릴 거야."

도도는 낮게 흐느끼면서 두 팔로 그의 등을 꼭 안았다.

"거지왕자 없는 동안 내가 얼마나 외롭고 무서웠는지 아무도 모를 거야……."

"울보공주야……."

도무탄은 가늘게 떨고 있는 도도의 등을 부드럽게 쓰다듬으면서 비록 한순간이지만 가족들이 있는 이곳에서 그냥 눌러 살면 어떨까? 하는 생각이 언뜻 머리를 스쳤다.

그렇지만 이미 거대한 야망(野望)을 가슴에 품고 있는 그가 이곳에 정착한다면 필경 죽는 날까지 후회를 거듭하면서 살게 될 것이다.

어느 것이 옳고 좋은 삶인지 지금은 알 수 없지만, 젊은 도무탄으로서는 마음이 가는 대로 몸이 이끄는 대로 하고 싶다는 것이 솔직한 심정이다.

그는 도도를 마주 품에 꼭 안은 채 맞은편의 도기군을 쳐다보았다.

"아버지."

"말해라."

분위기가 경직되고 있지만 반드시 짚고 넘어가야 할 일이기에 도기군의 목소리는 단단하게 굳었다.

"저는 벌여놓은 일이 있기 때문에 돌아가야만 합니다."

"일?"

"그렇습니다. 저를 믿고 따르는 사람들이 있으며 저는 그들과 함께 반드시 이루고 싶은 꿈이 있습니다."

도기군은 뜻밖이라는 표정을 지었다.

"너… 장사를 하고 있느냐?"

수천 개의 점포와 기루, 주루들을 거느리고 있는 해룡방이지만 엄연히 따지면 장사는 장사다.

"그렇습니다."

"아……."

"탄이가 장사를?"

도란과 도능부, 그리고 손나인은 크게 놀라 탄성을 터뜨리며 눈을 동그랗게 떴다.

손나인이 도무탄의 손을 잡으며 조심스럽게 물었다.

"장사라니… 점포가 어디에 있니?"

"엄마. 태원성에 있어."

"태… 원… 성……."

이곳에 있는 모든 사람에게 태원성은 천하에서 가장 크고 멋들어진 천상천(天上天) 같은 곳이다.

그런데 도무탄이 그런 굉장한 곳에 점포를 갖고 있다니, 방란촌에서 아무리 크게 농사를 짓고 가축을 키운다고 해도 그것보다는 못하다.

도기군은 둘째아들이 기특하기도 하고 미심쩍기도 해서 정색으로 물었다.

"그 점포에 일꾼들이 있는 게로구나. 대체 몇 명이나 되는 게냐?"

"꽤 됩니다."

해룡방 수하가 정확하게 몇 명인지는 방주인 도무탄도 모른다. 하루에도 수십 명이 들고나기 때문이다.

그러나 무슨 일이 있어도 죽을 때까지 해룡방을 떠나지 않는 수하는 대략 만여 명쯤이고, 해룡방이 제대로 굴러가려면 십만 명이 있어야 한다. 하지만 그대로 말하는 것은 곤란해서 대충 얼버무렸다.

"일꾼이 꽤 되다니, 무슨 장사인데 일꾼이 그리 많으냐?"

"그게… 물건을 팔기도 하지만 운송도 하는 터라서 배의 선원이나 마차나 수레를 몰기도 해서……."

도기군이 움찔 놀라며 물었다.

"배도 있느냐?"

"그… 렇습니다."

실내의 녹상과 추영곤, 당화를 제외한 도씨 일족 네 사람은 너무 놀라서 숨을 멈춘 것 같았다. 배까지 갖고 있는 장사라면 규모가 크기 때문이다.

그때보다 못한 녹상이 들고 있던 술잔을 입에 쏟아붓고는 도기군에게 말했다.

"아버님, 제가 오빠 대신 솔직하게 말씀드리겠어요."

"오냐. 그래라."

녹상은 도무탄을 힐끗 쳐다보았다.

"그래도 되지?"

도무탄은 씁쓸한 표정을 지으며 말없이 고개를 끄떡였다. 일이 이 지경에 이르렀으니 이실직고하지 않으면 자꾸 거짓말을 해야만 하는 상황이다.

"아버님께선 천하에서 제일부자가 과연 누구라고 생각하세요?"

녹상이 어울리지도 않게 애교를 떠느라 눈을 깜빡거리면서 물었다.

도기군은 의견을 묻는 듯 가족들을 둘러보았다.

"그야… 무진장이 아니겠느냐?"

손나인과 도란, 어느새 돌아앉은 도도까지 고개를 끄떡이며 동조했다.

"그래요, 여보. 무진장 대인은 황금으로 지은 궁전에 살면서 어딜 다닐 때는 황금마차를 탄다고 해요."

"아버지, 무진장 대인은 해룡방주인데 태원성에서는 황제
나 다름이 없대요."

도기군은 고개를 끄떡이고 나서 의아한 표정으로 녹상에
게 물었다.

"그런데 갑자기 그건 왜 묻느냐?"

녹상은 손을 뻗어 도무탄을 가리켰다.

"저기에 있는 오빠가 바로 무진장이에요."

도무탄은 씁쓸한 표정을 지으며 아무 말도 하지 않았다.

녹상은 빙빙 에둘러서 말하지 않고 속 시원하게 밝혔지만
그 말을 믿는 사람은 아무도 없었다.

"상아, 하나도 웃기지 않는다."

"웃기려고 한 말 아니에요."

"그럼 그 말을 믿으라는 말이냐?"

"아버님은 지금 이 밤이 지나면 새 아침이 밝아온다는 사
실을 믿으시죠?"

"그걸 믿지 않는 사람이 어디에 있느냐?"

녹상은 팔을 뻗어서 다시 한 번 도무탄을 가리키며 단호하
게 말했다.

"오빠가 무진장이라는 사실은 밤이 지나면 아침이 오고 겨
울이 끝나면 봄이 찾아온다는 사실하고 똑같은 거예요."

"……"

실내에 조용한 침묵이 흘렀다. 추영곤과 당화를 제외한 사람들은 방금 녹상이 한 말을 속으로 곱씹으면서 눈덩이처럼 커지는 놀라움을 삼키고 있었다.

모두들 녹상의 말을 믿으려고 하는 분위기다. 하지만 믿자니 너무 엄청난 사실이다.

천하제일의 부자라고 알고 있는 무진장이 십일 년 전에 이집에서 가출한 차남 도무탄이라는 사실을 믿으라는 것은 지나친 억지 같았다.

그때 지금까지 침묵을 지키고 있던 추영곤이 조용한 목소리로 말문을 열었다.

"사실 저는 예전에 태원성에서 무진장 대인을 직접 본 적이 있었습니다."

모두의 시선이 추영곤에게 집중되면서 극도로 긴장하는 표정을 지었다.

"그래서, 무진장이 누구던가?"

"저분이었습니다."

추명곤이 자세를 바로 하고 두 손을 뻗어 공손히 가리키는 사람은 도무탄이다.

가족들은 처음에 녹상이 사실을 말했을 때 혼비백산 경악했으나 그 말을 믿었다. 그렇지만 너무도 엄청난 일이라서 누군가의 보충설명이 필요한 시점이었는데 그걸 추명곤이 해주었다.

도도가 다시 도무탄 쪽으로 돌아앉아 호기심 가득한 표정으로 그의 얼굴을 올려다보았다.

"오빠가 그렇게 부자라는 것과 여기에서 우리하고 함께 살면 안 되는 것이 무슨 상관이 있는 거야?"

"그건……."

도무탄이 도도에게 어떻게 설명을 해줄 것인가를 생각하고 있는데 뜻밖에 도기군이 조용히 말했다.

"도야, 만약에 내가 어딘가 타지에 갔다가 돌아오지 않으면 이곳에 있는 가족들은 어떻게 되겠느냐?"

도도는 그런 일은 상상하는 것만으로도 두렵다는 듯 작은 몸을 옹송그렸다.

"틀림없이 난리가 날 거예요. 가족들이 아버지를 찾으려고 동분서주할 테고 결국은 뿔뿔이 흩어질 거예요."

도기군은 고개를 끄떡였다.

"탄이도 여러 사람에게 아버지와 같은 존재란다. 탄이가 만약 돌아가지 않는다면 그를 믿고 따르는 사람들은 끝내 뿔뿔이 흩어질 게다."

도기군은 도무탄에게 물었다.

"탄아, 네가 데리고 있는 사람이 몇 명이냐?"

"정확하게는 모르겠지만 대략 십만 명쯤 됩니다."

"십만 명……."

물어본 도기군을 비롯한 모두들 도무탄의 수하가 상상했던 것보다 수가 많은 것에 크게 놀라서 입이 딱 벌어졌다. 그래서 비로소 그가 얼마나 부자이고 또 얼마나 중요한 사람인지 어렴풋이나마 인식하게 되었다.

모두의 이해를 돕기 위해서 추영곤이 설명했다.

"제가 알기로는 무진장 대인은 태원성 해룡방의 방주이신데, 해룡방은 산서성 전역에 백여 개의 기루와 주루를 비롯하여 다섯 개의 표국과 열두 곳의 전장, 각종 점포를 대략 천여개 정도 보유하고 있으며, 그리고 거대한 상단을 거느리고 있습니다."

추영곤이 말하는 규모와 범위가 너무 어마어마해서 아무도 그것을 머릿속으로 그려내지를 못했다.

"산서성 내에서 거주하고 있는 사람 중에서 최소한 일 할정도가 직접 혹은 간접적으로 해룡방에 관련된 일을 하면서 생활을 이어가고 있습니다. 그러므로 무진장 대인이 돌아가지 않으면 해룡방은 문을 닫게 될 것이고, 오래지 않아서 산서성의 일 할, 약 오십만 명 정도가 일거리를 잃게 될 것입니다."

도기군 가족에게는 방란촌과 원평이 바로 천하다. 도기군만이 태원성에 두어 번 가본 적이 있을 뿐 다른 사람은 고작 가본 곳이 원평이 전부이니까 방란촌과 원평이 천하라고 해도 지나친 말이 아니다.

다만 산서성 바깥의 세상이 얼마나 크고 사람은 얼마나 많은지 이 사람 저 사람의 말을 들어서 어렴풋이 짐작하고 있는 정도다.

그런데 도무탄 일개 한 사람이 무려 십만 명의 수하를 거느리고 있으며, 그로 인해서 산서성에서 오십만 명이 생활을 영위하고 있다니 놀라움을 넘어서 경이롭기까지 했다.

좌중이 조용한 가운데 이윽고 도기군이 뜨거운 시선으로 도무탄을 주시하며 입을 열었다.

"탄아, 이 녀석 장하구나."

도무탄은 아버지에게 칭찬을 들으니까 천군만마의 힘을 얻은 것 같은 기분이 들었다.

도기군은 엄숙한 표정을 지었다.

"너는 내 아들로 태어났지만 지금은 나로서도 이래라저래라 할 수 없는 굉장한 아들이 돼버렸구나."

"죄송합니다."

도기운은 빙그레 흐뭇한 미소를 지었다.

"죄송할 거 없다. 이제부터 너는 네가 할 일을 해라."

그는 훈훈한 얼굴로 손나인을 바라보았다.

"임자 생각은 어떻소?"

"저는……."

손나인은 아직 놀라움에서 헤어나지 못했고 또다시 둘째 아들을 잃어야 하는 막연한 슬픔 때문에 우울한 얼굴로 대답을 하지 못했다.

"다행히 우리에겐 아들이 한 명 더 있고 딸도 둘이나 있잖소? 게다가 사위와 며느리도 있으니까 잘난 아들 하나쯤은 그냥 저 하고 싶은 대로 하게 보내줍시다."

"당신 어떻게 그런……."

도기군은 껄껄 웃으면서 도무탄에게 말했다.

"허허허! 봐라! 탄아! 나는 네 엄마가 찬성할 줄 알았다! 네 엄마는 저렇게 머리가 확 트인 사람이라니까! 허허헛! 어서 엄마에게 고맙다고 인사해라!"

도무탄은 즉시 손나인을 덥석 안았다.

"엄마, 고마워."

"탄아, 나는……."

도무탄은 품에 꼭 안은 손나인 귀에 속삭였다.

"엄마, 사랑해."

손나인은 그를 올려다보면서 곱게 흘겼다.

"어쩜… 부자지간 아니랄까 봐 구렁이 담 넘어가듯이 하는 짓도 똑같아."

결국 손나인도 도무탄을 붙잡지 못하고 하는 수 없이 허락하고 말았다.

부모가 다 그를 놓아주는데 도란이나 도도는 더 이상 고집을 부릴 수가 없었다.

어쨌든 집 나간 지 십일 년 만에 돌아온 둘째아들이 산서성 최고부자인 무진장이라는 사실은 가족 모두를 오랫동안 흥분에 빠지게 만들었다.

"허허헛! 무진장 대인, 소인 술 한 잔 받으십시오."

천하를 다 가진 것 같은 기분의 도기군은 둘째아들에게 두 손으로 공손히 술잔을 바쳤다.

"아버지, 이러지 마세요."

도무탄이 당황해서 어쩔 줄 모르는데 그게 재미있는지 도기군은 한술 더 떴다.

"무진장 대인, 한 잔 받으셨으면 이제 소인도 한 잔 내려주십시오."

"하하하하하!"

"호호호홋!"

도기군의 익살에 모두들 박장대소를 터뜨렸다. 가족들은 도기군이 이처럼 익살을 부리고 또 유쾌한 모습은 오늘 처음 보았다.

척!

모두의 기분이 절정에 올라 있을 때 이들이 있는 통나무집의 문이 느닷없이 벌컥 열리더니 차디찬 밤바람이 쏴아! 하고 쏟아져 들어왔다.

"앗!"

"어멋!"

　여자들이 화들짝 놀라서 낮은 비명을 터뜨렸으며, 바람 때문에 화덕의 불꽃이 크게 일렁였으므로 실내에 있던 사람들은 모두 열린 문을 쳐다보았다.

　문 쪽이 어둡기 때문에 거기에 서 있는 사람이 누구라는 건 녹상과 추영곤 두 사람만 볼 수 있었다.

　문 밖에 서 있는 사람은 문을 닫지도 않은 채 화덕 쪽을 응시하면서 짧게 말했다.

　"무탄, 들어가도 되나요?"

　온 사람이 누구라는 것을 보는 순간 알아차린 녹상이 도무탄에게 전음으로 알리기도 전에 문 밖에 서 있는 사람의 목소리가 들렸다.

　'독고지연이?'

　도무탄은 목소리를 듣고서야 불쑥 찾아온 사람이 독고지연이라는 사실을 깨달았다.

　이것은 너무 뜻밖의 일이라서 적잖이 놀랐고 또 그녀가 어째서 이곳에 나타났는지 매우 궁금했다.

실내의 사람들이 모두 도무탄의 얼굴을 주시했다. 찾아온 여자가 도무탄의 이름을 불렀고 그의 허락을 구하고 있기 때문이다.

도무탄으로서는 독고지연이 어째서 서림장에서 아무 말도 없이 떠났으며 또한 여길 어떻게 찾아왔는지 궁금한 상황이라서 그녀를 내쫓을 이유가 없다.

"들어와라."

탁!

도무탄이 일어나면서 말하자 독고지연이 조심스럽게 문을 닫고 사뿟사뿟 안쪽으로 걸어 들어오며 환한 곳에 모습을 드러냈다.

그런데 그녀는 한겨울인데도 얇은 경장 차림에 챙이 넓고 깊은 방갓을 썼으며 한 자루 검을 메고 있었다.

한눈에도 어디 먼 길을 가는 사람의 모습이며, 무림고수의 그것이라서 도기군 등은 적잖이 긴장했다.

특히 그녀가 오른쪽 어깨에 메고 있는 한 자루 고색창연한 장검의 검파에 묶여 있는 한 뼘 길이의 푸른 수실이 걸음을 옮길 때마다 나부끼는 모습이 눈에 띄었다.

도무탄을 찾아온 새로운 사람의 출현에 실내의 모든 사람이 일어나서 그녀를 주시했다.

늘씬하면서도 어딘지 여린 듯한 그러면서도 풍성한 몸매

를 지닌 독고지연은 도무탄 옆으로 다가와 머뭇거리며 작은
목소리로 말했다.

"저, 와버렸어요."

그 말은 도무탄 앞에 모습을 나타낼 것인가 말 것인가 고민
을 하다가 결국 왔다는 뜻으로 들렸다.

불청객이 찾아왔으나 도무탄이 모르는 사람도 아니고 또
독고지연과의 오해와 원한은 소연풍이 있는 자리에서 다 풀
었으므로 께름칙한 사람은 아니다.

"아버지께 인사드려라."

도무탄은 독고지연에게 그렇게 말을 하고 나서도 어쩌면
그녀가 부친에게 인사를 하지 않을 수도 있다는 생각이 들었
다. 그가 익히 알고 있는 독고지연의 까칠하고 오만한 성격이
라면 그러고도 남았다.

그런데 독고지연은 도무탄의 염려를 불식시켰다. 그녀는
부친을 향해 서서 자세를 바로하고 옷매무새를 고치더니 이
윽고 쓰고 있는 방갓을 벗었다.

슥―

"아아……."

"세상에……."

"으음……."

독고지연이 방갓을 벗고 얼굴을 드러내자 도무탄과 녹상

을 제외한 모두가 눈을 휘둥그렇게 뜨고 사람이 낼 수 있는 갖가지 탄성을 쏟아냈다.

천하이미 중에 한 사람인 천상옥화의 절색미모를 접하는 사람들마다 한결같이 내는 반응이 여기에서도 예외 없이 터져 나왔다.

도씨 가족들은 세상천지에 이토록 아름다운 사람이 존재할 수 있을 것이라는 상상조차도 해본 적이 없었다.

오죽하면 이들은 독고지연이 사람일 것이라는 생각이 들지 않았으며, 자신들이 술을 마시고 있는 중에 갑자기 하늘에서 신선이나 천상의 사람, 즉 천상인(天上人)이 강림한 것이라는 착각마저 들었다.

사람들이 독고지연의 미모에 정신을 차리지 못하고 있을 때 녹상은 입술을 삐죽거리며 독고지연을 흘겼다.

'계집애, 내가 봐도 정말 더럽게 예쁘다니까……'

독고지연은 도기군에게 인사를 해야 하는데 그를 비롯한 모두들 그녀를 보면서 정신을 차리지 못하고 있어서 난감한 입장에 처했다.

도무탄은 고개를 갸웃거리면서 독고지연을 쳐다보았다.

'정말 저 계집애가 그 정도로 예쁜가?'

제대로 마음을 먹고 그녀를 보는 순간 그는 한순간 눈이 부시고 머릿속이 멍해지는 것을 느꼈다.

'허어… 정말 예쁘긴 예쁘군. 우물(尤物)이다.'

그는 자신마저 독고지연의 미모에 넋이 나가려고 하자 고개를 세차게 흔들고 부친을 불렀다.

"아버지, 인사 받으세요."

"어… 어… 그래."

"저 계집애 뭐가 예쁘다고 정신을 못 차리시는 거예요?"

도무탄의 일침에도 도기군은 쑥스러워하지도 않았다.

"탄아, 이분이 정말 인간이냐?"

"인간 맞아요."

"그런데 인간이 어째서 저리도 아름다운 것이냐? 필경 천상인인 게지."

도무탄은 부친마저 절색미모 앞에서 맥없이 무너지는 것을 보고 실소를 금치 못하고 독고지연 옆으로 다가가서 그녀의 둔부를 연거푸 두드렸다.

철썩철썩—

"보세요, 아버지. 천상인 궁둥이를 때리면 이런 소리가 나겠습니까?"

그런데 그런 행동은 별로 도움이 되지 못했다. 오히려 그것 때문에 도기군은 물론이고 모두들 기함을 할 정도로 혼비백산했다.

도무탄이 절색미녀의 둔부를 함부로 마구 때리는 것도 때리는 것이지만 맞는 독고지연이 얼굴을 발그레 붉히면서 가만히 서 있는 것이 더욱 놀라웠다.

어쨌든 잠시 후 우여곡절 끝에 독고지연은 서 있는 도기군에게 공손히 포권지례를 취했다.

"처음 뵙겠어요. 독고지연이에요."

"아… 네……."

제아무리 간담이 크고 대가 곧다고 해도 도기군은 일개 촌부이기에 독고지연의 인사에 크게 당황하여 허둥거렸다.

"앗!"

그런데 갑자기 추영곤이 나직한 비명을 터뜨리더니 독고지연을 보며 경악하는 표정을 지었다.

"설마… 천상옥화라는 말씀입니까?"

"네, 그래요."

"맙소사… 어떻게 이런 일이……."

추영곤이 정신을 차리지 못하자 도기군이 의아한 얼굴로 물었다.

"영곤, 무엇 때문에 그러느냐?"

추영곤은 독고지연을 가리켰다.

"아버님. 저분 소저는 천하에서 가장 아름다운 여자로 지칭되는 천하이미 중 한분이십니다."

"천하이미……."

대저 천하에는 얼마나 많은 사람이 살고 있는데, 그중에서 가장 아름다운 두 명의 여자를 천하이미라고 부르며, 그중에 한 명이 자신의 눈앞에 서 있다는 생각을 하니까 모두들 꿈을 꾸는 듯한 표정을 지었다.

第三十章

초야(初夜)

등롱기

한바탕 왁자한 인사가 지나고 나서 독고지연은 도무탄 왼쪽 옆에 앉았다.

　원래 그 자리에는 도도가 앉았었는데 지금 그녀는 도무탄 오른쪽에 앉았다.

　도무탄은 독고지연에게 묻고 싶은 것이 있지만 가족 모두가 그녀에게 큰 관심을 보이고 있는 터라서 묻는 것은 뒤로 미룰 수밖에 없다.

　가족들의 제일 큰 관심은 뭐니 뭐니 해도 도대체 도무탄과 독고지연이 어떤 관계인가 하는 것이다.

독고지연이 이런 밤중에 그의 고향집까지 직접 찾아올 정
도라면 보통 사이가 아닐 것이라고 짐작은 하지만 더 자세히
알고 싶었다.

몇 순배의 술이 돌아가는 동안에도 가족들의 시선은 독고
지연에게서 떠날 줄을 몰랐고 좌중에는 화덕에서 모닥불 타
는 소리만 잔잔하게 흘렀다.

독고지연은 어렸을 때부터 엄격한 교육을 받았기에 말하
는 것이나 행동거지 하나까지 우아하고 섬세하여 보는 사람
들의 눈길을 사로잡기에 부족함이 없었다.

가족들은 그녀와 도무탄의 관계에 대해서 무척이나 궁금
한데도 그녀가 지나치게 아름다우며 범접하기 어려운 고결함
까지 지니고 있어서 감히 그녀에게 직접 물어볼 엄두를 내지
못했다.

"탄아, 너와 저 소저하고는 무슨 사이냐?"

결국 참지 못하고 손나인이 도무탄의 귀에 대고 제 딴에는
작은 목소리로 속삭였다. 하지만 그 소리를 듣지 못한 사람은
아무도 없었다.

도무탄은 빙그레 미소 지었다.

"그냥 조금 아는 사이야, 엄마."

"그래?"

그 순간 독고지연의 유난히 긴 우아한 속눈썹이 가늘게 파

르르 떨리는 것을 몇몇 사람이 보았다.

그리고 그녀가 입술을 힘껏 깨무는 모습을 본 사람은 그보다 더 많았다.

그녀의 그런 작은 행동은 도무탄이 방금 한 말, 즉 '그냥 조금 아는 사이'라는 것에 대해서 그녀가 충격을 받은 것이라고 가족들은 짐작했다.

그래서 이번에는 맞은편에 앉은 도기군이 용기를 내서 직접 그녀에게 물어보았다.

"소저, 정말 우리 탄이와 조금 아는 사이요?"

독고지연은 도기군을 바라보더니 도움을 바라는 듯 안타까운 표정을 지었다가 살포시 고개를 숙였다.

"아버님, 조금 아는 사이라는 탄 랑(彈郎)의 말씀은 잘못된 것이라고 생각합니다."

"음!"

"아……."

"탄 랑이라니……."

도기군은 독고지연의 '탄 랑'이라는 호칭에 움찔 놀라서 신음을 흘렸고, 다른 가족들도 놀라서 제각기 어지러운 탄성을 터뜨렸다.

여자는 오직 남편에게만 '랑(郎)'이라는 호칭을 사용하기 때문이다.

누구보다 놀란 사람은 당사자인 도무탄이다.

"야! 이 계집년아! 지금 무슨 헛소리를 지껄이는 것이냐? 내가 어째서 네 남편이냐?"

서림장에서 대했던 대로 그는 독고지연을 심하게 꾸짖었다.

"탄아! 그 무슨 말버릇이냐?"

그러자 도기군이 버럭 화를 내며 아들을 꾸짖었고 다른 가족들도 크게 놀랐다.

"아버지, 저는……."

"어서 독고 소저에게 사과해라."

"알겠습니다."

도무탄은 두말하지 않고 독고지연에게 고개를 숙여 보였다.

"방금 그 말은 미안했다."

"흑……."

독고지연은 말없이 입술을 잘근잘근 깨물면서 촉촉하게 젖은 눈으로 도무탄을 바라보다가 갑자기 고개를 모로 꼬면서 낮게 흐느꼈다.

도무탄은 당황했다.

"왜… 그러는 거냐?"

"당신이 이럴 줄 몰랐어요."

무릎을 꿇고 앉은 독고지연이 상체를 옆으로 비튼 채 한 손으로 바닥을 짚고 눈물을 흘리는 모습은 그녀의 슬픔하고는 관계없이 너무도 아름답고 우아해서 보는 사람들은 자신도 모르게 한숨을 내쉬었다.

"내가 뭘 어쨌다는 것이냐?"

도무탄은 답답하다는 표정을 지었다.

독고지연은 서림장에서 다들 만취했던 다음 날 갑자기 한마디 말도 없이 사라지더니 다시 만난 지금은 사람이 완전히 변한 것 같았다.

도도함과 오만함의 결정체 같았던 그녀가 지금은 슬픔의 화신(化身)으로 변한 모습이다.

하지만 도무탄은 그녀가 무슨 수작을 부리는 것은 아닐 것이라고 생각했다.

서림장에서 그날 밤에 소연풍 등과 술을 마시는 과정에서 독고지연은 성격의 여러 면모를 드러냈다. 그것에 의하면 그녀가 오만하고 도도할지언정 교활하거나 거짓말을 한다거나 여타 나쁜 성격을 지니고 있는 것 같지는 않았다. 최소한 도무탄의 생각은 그랬었다.

그래서 예전에 그녀에게 갖고 있었던 적대적인 감정이 거의 상쇄됐었다.

하지만 단지 그것뿐이지 그녀와 어떤 특별한 교분을 맺지는 않았었다.

"당신은 너무해요."

독고지연은 도무탄을 원망하듯 슬픈 눈빛으로 바라보면서 눈물을 글썽였다.

그런 모습을 보는 사람들은 남녀를 불문하고 가슴 한쪽이 떨어져 나가는 듯한 슬픔을 맛보았다.

그것은 마치 천상의 선녀가 온 세상의 슬픔을 머금고 있는 것 같은 모습이기 때문이다. 과연 그녀의 천상옥화라는 별호 는 명불허전이었다.

독고지연의 눈물을 본 도기군은 이 상황을 자신이 정리해 야겠다고 생각했다.

"독고 소저, 무엇 때문에 그러는지 내게 말씀해보시오."

독고지연은 고개를 살래살래 가로저었다.

"아니에요. 아버님. 탄 랑이 소녀를 외면한다면 소녀는 그 저 아무 말도 하지 않고 지금 즉시 떠나겠어요."

고개를 살래살래 가로젓는 바람에 흐르는 눈물이 후드득 허공으로 흩어지니까 그것을 보고 있는 사람들은 가슴이 몹 시 아팠다.

"탄이가 독고 소저를 외면하다니, 그게 무슨 말씀이오?"

도기군은 필경 도무탄이 독고지연에게 무슨 큰 잘못을 저 질렀을 것이라고 짐작했다.

그는 주먹으로 스스로의 가슴을 쿵쿵 치면서 자신만만하게 말했다.

"어서 말씀해 보시오. 내 기필코 해결해 드리겠소."

독고지연은 원래 이 일은 도무탄하고 단둘이서 조용히 대화로써 해결하려고 했었다.

그런데 도기군이 진심 어린 열정으로 도우려고 하는 것을 보고 마음이 적잖이 동요했다.

"아버님, 사실은……"

도무탄과 녹상은 그녀가 과연 무슨 말을 하려는 것인지 귀를 기울였다.

두 사람은 뭔가 짚이는 것이 있었다. 서림장에서 다들 만취한 다음 날 독고지연이 말없이 사라진 일이다.

그래서 어쩌면 그녀가 지금 그 일을 말하려는 것일지 모른다고 생각했다.

독고지연은 소매로 눈물을 닦고 차분하려고 애쓰면서 조심스럽게 입을 열었다.

"소녀는 탄 랑에게 순결을 잃었어요."

그런데 독고지연 입에서 흘러나온 말은 모두에게 천둥과 같은 충격을 안겨주었다.

독고지연을 제외한 모든 사람이 눈을 휘둥그렇게 뜨고 얼굴 가득 경악을 떠올린 채 아무 말도 하지 못하고 그녀를 쳐다보았다.

설마 그녀가 그런 은밀한 종류의 말을 할 줄은 아무도 짐작조차 하지 못했었다.

솔직히 도무탄은 서림장에서의 그날 밤에 너무 취했었기 때문에 자신이 독고지연, 녹상하고 정사를 했는지 어쨌는지 기억하지 못했다.

다만 여러 정황상으로 그리고 녹상이 이따금 얼핏 내비치는 말로써 자신이 그녀들과 정사를 했을 것이라고 막연하게나마 짐작을 했었다.

그러니까 그는 오늘 비로소 독고지연의 확신에 찬 말을 듣고서야 자신이 그녀와 정사를 했다는 사실을 제대로 알게 되었다.

녹상 역시 그 일에 대해서는 도무탄과 정사를 했을 것이라고 짐작만 했을 뿐이다.

그런데 독고지연이 도무탄하고 정사를 했다고 분명하게 밝히는 것을 듣고는 녹상 자신도 그와 정사를 했을 것이라고 확신을 하게 되었다.

그날 밤 인사불성이 되도록 취한 두 여자는 본능이 시키는 대로 실컷 방탕했었던 모양이다.

도기군을 비롯한 가족들이 받은 충격은 도무탄하고는 다른 종류의 것이다.

천하에서 가장 아름답다는 여자가 도무탄과 정사를 그것도 순결을 잃었다고 고백했다는 사실에 가족들은 굉장한 충격을 받았다.

가족들은 도무탄이 무진장이라는 사실을 알게 됐을 때보다 지금 이 순간 몇 배나 더 경악했다.

그리고 시시비비를 떠나서 그를 '정말 대단하고 잘난 놈'이라고 생각하게 되었다.

독고지연은 다소곳한 자세와 기품 있는 표정으로 도기군을 바라보면서 차분한 목소리로 말을 이었다.

"소녀는 무림오가 중에 북경성 무영검가의 여식으로 순결을 목숨처럼 여기라는 교육을 받고 자랐습니다. 그런데 소녀는 순결을 탄 랑에게 바쳤으므로 소녀를 그의 아내로 거두어 주십사고 아버님께 간청합니다. 만약 이 간청이 거절될 경우에는 소녀는 자결을 할 수밖에 없습니다."

그녀는 말을 끝내고는 살포시 고개를 숙이고 그대로 가만히 있었다.

누가 보더라도 품위 있는 모습이며 언행이어서 절로 옷깃이 여며지는 고아함이 아닐 수 없다.

그래서 그녀의 말 중에 '간청이 거절되면 자결을 한다'는 내용을 여과 없이 그대로 받아들였다.

손나인은 놀란 얼굴로 도무탄을 다그쳤다.

"탄아, 이분 소저의 말씀이 사실이냐?"

도무탄은 부인하고 싶지만 거짓말을 할 수는 없다.

"음, 사실이야."

"탄아, 너는……."

"임자는 가만히 있구려."

도기군이 손을 저어 손나인을 다독이고 나서 옆에 앉은 녹
상을 돌아보았다.

"상아, 네 생각부터 들어야겠다."

녹상은 움찔 가볍게 몸을 떨었다. 그녀는 도기군이 왜 그런
말을 하는지 알고 있다. 그녀를 며느리로 생각하고 있기 때문
이다.

그 짧은 순간에 그녀는 머릿속으로 여러 가지 생각과 갈등
을 태풍처럼 겪었다.

지금 도무탄의 표정으로 봐서는 매우 놀라고 심란한 것 같
은데, 여기에 녹상 자신까지 가세해서 나도 순결을 잃었느니
어쩌니 하면서 그를 궁지로 몰아넣는 것은 좋지 않다고 판단
했다.

"무슨 생각을요?"

그래서 그녀는 자신은 철저하게 이 일과는 무관한 것처럼
행동할 것이고, 도무탄과 독고지연의 행복을 빌어주자는 쪽
으로 결론을 내리고는 딴청을 피웠다.

"탄이의 부인인 네가 허락해야지만 독고 소저를 받아들일 수 있을 것 아니겠느냐?"

"무슨 말씀인가요? 누가 오빠의 부인이라는 거죠?"

"상아, 너……."

녹상은 정색을 했다.

"저는 오빠하고 같이 한 침상에서 잠을 자기는 하지만 아무 일도 없었어요. 더 정확하게 말씀을 드린다면 오빠하고 정사 같은 것은 하지 않았고 제 순결을 오빠에게 바치지도 않았어요."

"그… 랬느냐?"

도기군과 가족들은 자신들이 지금까지 오해를 하고 있었다는 사실을 깨달았다.

도무탄과 녹상이 같이 자는 사이라는 말을 이미 부부지연을 맺은 부부로 오해를 했던 것이다.

다 성장한 남녀가 같은 침상에서 자면서도 정사를 하지 않았다는 사실은 매우 이례적인 일이지만 지금은 그런 것을 논할 때가 아니다.

탁!

그때 도기군이 손바닥으로 무릎을 치며 독고지연을 쳐다보았다.

"일이 이렇게 되었으니 독고 소저를 받아들이지 못할 이유가 없지 않겠소?"

"아버님……."

"탄아, 너는 어떻게 할 생각이냐?"

도무탄은 일이 갑자기 예상하지 못했던 쪽으로 급격하게
흘러가자 적잖이 당황했다.

"아버지……."

"나는 네가 정숙한 숙녀의 순결을 빼앗고서도 모른 체하는
비열한 놈일 것이라고 생각하지 않는다."

도기군의 엄숙한 말에 의하면, 만약 도무탄이 독고지연을
모른 체한다면 비열한 놈이 되는 것이라고 미리 못을 박은 것
이다.

도무탄은 독고지연을 힐끗 쳐다보았다. 그러나 약간 고개
를 숙인 자세로 옥구슬 같은 눈물을 흘리고 있는 그녀의 모습
에서 찾아낼 수 있는 것은 절색의 아름다움과 지고지순함뿐
이었다.

그날 밤 서림장에서 도무탄이 알게 된 독고지연의 성격은
매우 솔직한 반면에 무척 여리고도 순수한 감성을 지니고 있
다는 것이다.

그건 틀리지 않았을 터이다. 산서성 최고의 장사꾼인 그의
안목이 사람을 잘못 볼 리가 없다.

그녀는 무림오가 중 하나인 무영검가의 딸이고 천하이미

중에서 강북일미라고 불리는 천상옥화다. 그런 최상의 신분과 명예를 갖고 있는 그녀가 대관절 무엇이 부족해서 변방의 졸부나 다름이 없는 도무탄의 부인이 되려고 이따위 유치한 수작을 부리겠는가.

더구나 서림장에서 그날 밤에 그런 일은 정말로 일어났었지 않은가 말이다.

확실하게는 모르지만 독고지연까지 저렇게 말하는 것을 보면 그날 밤에 도무탄이 독고지연과 녹상하고 정사를 했던 것이 분명하다.

지금까지 도무탄은 수십 명의 여자와 정사를 했었으나 정사를 했다고 해서 여자를 책임져야 하는 상황에 처했던 적은 한 번도 없었다.

진권문의 소문주인 방아미를 제외하고는 전부 기녀였기 때문이다.

도무탄은 이제 칼자루가 자신에게 넘어 왔으며 그것으로 무엇이든 베어야 한다는 사실을 깨달았다.

그는 이런 경우를 처음 당해본다. 말하자면 여자를 건드렸다고 해서 책임을 지게 되는 상황이다.

이것은 기녀들처럼 돈을 줘서 해결될 일이 아니다. 그랬다가는 모욕을 당했다면서 독고지연이 검을 휘두르며 죽이려 들 것이 분명하다.

하지만 그는 지금까지 한 번도 순결한 여자와 정사를 해본 적이 없었기 때문에 그랬을 경우에 어떤 일이 벌어지는지 알지 못했다.

난생처음으로 처녀지신을 한 번 건드렸다가 제대로 된통 걸리고 말았다.

다른 남자 같으면 천상옥화의 그림자하고라도 평생 같이 살 수만 있다면 감격의 눈물을 흘릴 텐데 실상인즉 도무탄은 그녀가 영 마뜩찮았다.

사실 그는 이날 이때까지 돈 버는 일에만 열중하다 보니까 사랑이라는 것을 해본 적도 없어서 여자에 대해서는 아직 잘 모른다.

그는 혼인까지 하려고 했었던 방아미를 정말 많이 사랑했었다. 그렇지만 그런 어이없는 일을 당하고 나니까 자신이 정말 그녀를 사랑했었는지 확신할 수가 없고, 또 사랑이라는 것을 믿지 못하게 되었다.

그런데 만취하여 제정신이 아닌 상황에서 정사를 한 여자를 책임져야 하다니 기가 막힐 노릇이 아닐 수 없다.

도무탄의 대답을 기다리는 도기군과 가족들은 조마조마한 심정으로 그를 주시했다.

그가 대답을 망설이면서 자꾸만 시간이 길어지자 앞으로 그가 어떤 결정을 내리든지 간에 이미 독고지연에게 충분한 마음의 상처를 준 것이 돼버렸다.

그렇다고 해서 도기군은 아들을 윽박지르는 것도 재촉하는 것도 할 수가 없었다.

그러는 것은 도무탄이 부친의 강압에 못 이겨서 어쩔 수 없이 결정을 내리는 것처럼 비춰질 수 있기 때문이다. 비록 그것이 어떤 결정이든지 간에 말이다.

슥─

그때 독고지연이 조용히 일어서더니 아무 말도 하지 않고 문 쪽으로 걸어갔다.

"독고 소저!"

도기군을 비롯한 가족들은 화들짝 놀랐지만 이런 상황에서는 뭘 어떻게 해야 하는지 아는 사람이 아무도 없었다. 그저 당황해서 다들 우르르 일어나 우왕좌왕할 뿐이다.

독고지연은 도무탄의 대답이 길어지니까 그의 대답을 들은 것이나 다름이 없다고 판단하여 이곳을 떠나려는 것이 분명하다.

그때 도무탄이 앉은 채 왼손에 쥐고 있는 술잔을 뚫어지게 주시하며 나직하게 입을 열었다.

"연아."

비틀거리면서 걸어가던 독고지연의 걸음이 뚝 멈췄다.

"이리 와라."

그가 조용히 말했으나 그녀는 가만히 서 있을 뿐 움직이지 않았다.

모두들 침묵하면서 두 사람을 번갈아 쳐다보며 사태의 추이를 지켜보았다.

도무탄은 들고 있던 술잔을 입안에 쏟아붓고는 딱딱한 어조로 꾸짖었다.

"벌써부터 남편 말을 이처럼 무시한다면 앞으로는 어쩌겠다는 것이냐?"

독고지연의 늘씬한 교구가 움찔 눈에 띄게 떨렸다.

"당장 이리 못 오겠느냐?"

도무탄은 이 일을 자기 방식으로 해결하려고 들었다. 이렇게 해서 독고지연이 받아들이지 않는다면 그녀와는 인연이 아닌 것으로 여긴다는 뜻이다.

여자에게 순결은 소중한 것이지만, 남자에게도 한평생 같이 살 여자를 고르는 것은 중요한 일이다.

모두들 조마조마하게 지켜보는 가운데 독고지연은 몸을 돌리더니 사붓사붓 걸어서 도무탄에게 다가왔다. 그리고는 그의 옆에 다소곳이 서서 잠자코 고개를 숙이고 그를 굽어보았다.

"앉아라."

슥—

도무탄의 말이 떨어지기 무섭게 그녀는 그의 곁에 살며시 무릎을 꿇고 앉았다.

그는 들고 있는 빈 잔을 만지작거리면서 조금 쑥스러운 얼굴로 중얼거렸다.

"부족한 것이 많은 나지만 앞으로 열심히 하겠다."

그의 뜻밖의 말에 독고지연은 깜짝 놀라면서 몸을 후드득 떨었다.

그녀는 눈물을 가득 머금은 커다란 눈을 더욱 동그랗게 뜨고 그를 바라보았다.

"이러면 됐느냐?"

그의 말에 그녀는 보일 듯 말 듯 고개를 끄떡이면서 살짝 미소를 지었다.

'으음……!'

그런데 그녀가 커다란 두 눈에 톡 건드리기만 해도 후드득 떨어질 것만 같은 눈물을 가득 머금은 상태에서 살포시 미소를 짓는 모습이 또 얼마나 아름답고 뇌쇄적인지 도무탄은 내심 신음을 흘리고 말았다.

여태까지 그는 독고지연을 이렇게 가까이에서 또 지금처럼 자세히 그리고 이제는 내 여자라는 생각으로 들여다본 적이 없었다.

"너 원래 이렇게 예뻤느냐?"

"어머……."

도무탄이 불쑥 말하자 독고지연은 눈을 동그랗게 뜨면서 놀라더니 양 뺨이 노을처럼 붉어지며 사르륵 고개를 숙이는데 그 모습이, 아니, 자태가 방금 미소 짓는 모습보다 열 배는 더 아름다워서 도무탄이 속이 다 뒤집어질 지경이다.

'미치겠다…….'

맞은편의 녹상은 그런 도무탄을 보면서 눈살을 잔뜩 찌푸리고 있었다.

'저 자식 정말 놀고 있네.'

도기군은 여자를 다루는 것이 딱 자기를 닮은 도무탄을 보면서 흐뭇한 미소를 지었다.

그는 마지막 남은 마무리를 하기 위해서 독고지연에게 시선을 주었다.

"독고 소저, 이제 됐소?"

"네, 아버님."

독고지연이 수줍게 미소를 지으며 살포시 고개를 숙이자 도기군은 손을 내저었다.

"그런데 하나 짚고 넘어갑시다. 독고 소저는 앞으로 나를 정면으로 쳐다보지 마시오."

"네?"

난데없는 말에 독고지연은 놀라서 눈을 동그랗게 떴다.

도기군은 난감한 표정을 지었다.

"내 비록 시아버지의 신분이지만 나 또한 사내라서 독고 소저의 절색인 자태를 보면 가슴이 떨리고 시선이 마주치면 심장이 멎을 것 같소. 그러니까 내 만수무강을 위해서 정면으로 쳐다보지 말라는 것이오."

"아버님……."

"헛헛헛! 농담이오! 농담!"

도기군은 진땀을 흘리면서 너털웃음을 웃었다. 그가 방금 전에 한 말은 농담이 아니었다.

도능부와 당화 부부는 도무탄과 독고지연 예비부부를 위해서 자신들의 통나무집을 통째로 비워주었다.

그곳에서 도무탄과 독고지연 둘만의 오붓한 시간을 보내라는 뜻이다.

두 사람은 도능부와 당화 부부가 평소에 사용하는 침상에 나란히 앉아 있지만 벌써 일각 이상 침묵을 지키면서 꼼짝도 하지 않았다.

도무탄은 술을 꽤 마셨고 독고지연도 이 사람 저 사람이 주는 술을 많이 마셨으나 긴장한 탓인지 거의 취하지 않은 상태다.

노골적인 말로 가족들이 도무탄과 독고지연에게 통나무집

한 채를 통째로 내준 이유는 둘이서 마음 놓고 정사를 치르라는 뜻이다.

두 사람은 정사를 한 적이 있지만 그 시작이나 과정을 아무도 기억하지 못하고 있으니까 사실상 오늘 밤이 첫날밤이나 다름이 없다.

도무탄은 이 어색한 침묵을 자신이 깨야 한다는 사실을 잘 알고 있다.

밤새도록 이런 식으로 앉아 있을 수는 없으니까 무슨 말이든 행동이든 취해야만 한다.

"가까이 다가와라."

오랜 침묵을 깨고 그가 입을 열자 독고지연은 깜짝 놀라 몸을 흠칫 떨었다.

도무탄은 그녀를 처음 만났을 때 첫인상이 너무 강했고 또 좋지 않았었다.

그런데 이후 그녀를 거듭해서 만나고 부대끼면서 그녀의 진면목을 조금씩 알게 되었다.

그렇게 봤을 때 그녀는 천하의 모든 남자가 원하는 최상의 것을 두루 갖추고 있는 최고의 여자가 분명했다.

도무탄은 조심스럽게 옆으로 다가와서 앉은 독고지연을 한 번 슬쩍 보고는 조용한 목소리로 말했다.

"먼저 이 말부터 해야겠다."

독고지연은 고개를 약간 숙이고 눈처럼 흰 두 손을 무릎에 모은 채 가만히 있었다.

"우린 취중에 몸을 섞었다. 그건 서로 사랑하지도 않으면서 그냥 실수를 저질렀다는 뜻이다. 나는 널 사랑하지 않고 너도 그럴 거야. 그렇지 않느냐?"

독고지연은 고개를 조금 까딱거렸다.

"그렇지만 기왕지사 이렇게 된 거, 지금 이 순간부터 나는 널 사랑하도록 애쓰겠다."

잠시 침묵이 흘렀다. 독고지연은 도무탄이 자신의 대답을 기다리고 있다는 사실을 뒤늦게 깨닫고 움찔 놀라서 급히 대답했다.

"저도요."

두 사람은 침상에 나란히 걸터앉아 있는데 도무탄은 한쪽 발을 책상다리처럼 해서 침상에 얹으며 그녀를 향해 돌아앉았다.

"궁금한 게 있다."

독고지연은 살포시 그녀를 바라보았다.

'아… 정말 이거…….'

두 뼘 앞에서 보는 독고지연의 절색미모와 자태는 숨이 막힐 정도라서 도무탄은 온몸에서 진땀이 솟았다. 그는 자신이 여자의 미모 따위에는 초연한 성격인 줄 알았는데 절대 그게 아니었다.

"음, 그날 왜 말없이 서림장을 떠났는지는 이해할 수 있겠는데, 여기까지는 어떻게 오게 된 것이냐?"

"집으로 돌아가는 길이었어요."

"집? 북경성 말이냐?"

"네."

그녀는 자신이 만취한 상황에 도무탄과 정사를 했다는 사실에 큰 충격을 받고 이른 새벽에 서림장을 나와 근처를 하염 없이 배회했었다.

그러다가 우연히 서림장을 나와 태원성으로 향하던 소연풍을 만나게 되었는데, 그녀는 그 자리에서 그에게 솔직하게 모든 것을 털어놓았다.

즉, 자신은 소연풍을 연모하고 있는데 지난밤에 술에 만취하여 실수로 도무탄에게 순결을 잃었다는 사실을 울면서 참담한 심정으로 고백했었다.

소연풍은 그녀를 위로하는 과정에서 두 가지 중요한 사실을 말해주었다.

첫째는 그가 그녀에게 이성적으로는 추호도 관심이 없다는 사실이다.

둘째는 도무탄이 매우 훌륭한 사람이며 장차 무림을 쥐락펴락하는 엄청난 고수가 될 것이라고 했다.

도무탄이 훌륭한 사람이라는 것은 소연풍이 직접 그렇게 느꼈기 때문이고, 또한 도무탄이 무림을 쥐락펴락하는 엄청난 고수가 될 것이라는 예측은 그가 천신권의 권혼을 소유했기 때문이라는 것이다.

그러므로 그를 놓치지 말고 꼭 붙잡으라고 소연풍은 당부를 하고 떠났다.

소연풍의 솔직한 말과 위로는 독고지연에게 어느 정도 힘이 돼주었으나 그녀의 발길을 서림장으로 되돌려 놓기에는 부족했다.

독고지연은 그 길로 유람하듯이 천천히 북쪽으로 향했다. 집으로 돌아가서 어수선한 마음을 정리하려는 것이다.

산서성 북쪽 원평에서 배를 타고 동쪽으로 흐르는 타호하를 따라서 하류로 내려가다 보면 오십여 리도 못 가서 하북성에 진입하게 되고, 타호하의 최하류인 천진(天津)에서 북경까지는 불과 이백여 리 남짓이다.

산서성이 무척이나 변방이고 오지인 까닭은 동쪽에 항산, 오대산, 태악산, 통칭 태행산(太行山)이라고 부르는 거대한 남북 간의 대산맥이 가로막고 있기 때문이다.

그렇지만 실제로 산서성과 하북성 간의 거리는 가장 가까운 원평에서 오십여 리이고 가장 멀다고 해봐야 백오십여 리에 불과하다.

어쨌든 독고지연은 북쪽으로 향했으며 원평에서 배를 타려고 하다가 우연히 도무탄과 녹상을 발견하게 되었다. 그래서 그의 뒤를 밟아 여기까지 오게 된 것이다.

설명을 듣고 난 도무탄은 괜스레 소연풍이 조금 원망스러웠다. 그가 독고지연에게 도무탄의 칭찬을 늘어놓는 바람에 그녀가 마음을 바꾸었기 때문이다.

그런데 도무탄이 권혼을 갖고 있다는 사실을 소연풍이 알고 있었다니 실로 놀라운 일이다.

그러면서도 소연풍은 일체 내색하지 않았으며 권혼을 탐내지도 않았었다.

"나를 만나서 어쩌려는 생각이었느냐?"

도무탄의 물음에 독고지연은 약간 고개를 돌려 그를 바라보며 곱게 눈을 흘겼다.

"다 알면서……."

슥―

"아……."

도무탄이 손을 뻗어 그녀의 허리를 안아 자신 쪽으로 조금 더 바싹 끌어당기자 그녀는 깜짝 놀랐다.

그는 꼿꼿한 자세로 앉아 있는 그녀의 허리를 감았던 손을 아래로 늘어뜨려서 둔부에 대고 부드럽게 어루만졌다. 그녀는 가볍게 움찔했으나 가만히 있었다.

이로써 할 말도 끝났다. 이제는 행동만이 남았다. 그리고
그것 역시 도무탄이 시작해야만 한다.

"이제부터 잘 건데 괜찮겠느냐?"

그가 불쑥 말하자 독고지연은 화들짝 놀라더니 조그맣게
고개를 끄떡였다.

그녀는 도무탄의 말이 그냥 잠만 자는 것이 아닐 것이라고
충분히 짐작하고 있다.

신체 건강한 남녀가 그것도 혼인식은 올리지 않았으나 이
제 막 부부가 된 신혼부부가 그냥 잠만 잘 리는 없다.

그러나 사실 그녀는 지금 극도로 긴장하고 있다. 아니, 겁
을 먹었다고 할 수 있다.

어떤 기대감이나 막연한 호기심 같은 것은 추호도 없으며
오로지 두려울 뿐이다.

도무탄은 지금까지 셀 수도 없이 많은 여자하고 동침을 했
으며 그때마다 그녀들이 다 알아서 했었다.

심지어 방아미마저도 자기가 알아서 먼저 옷을 벗고 나신
이 되고 나서 그의 옷을 벗겨주었으며, 정사, 즉 삽입을 하기
위하여 음경을 최대한 발기시켜 주는 것까지 일사천리로 진
행했었다.

그렇지만 독고지연에게 그런 것을 기대할 수는 없다. 이제
부터는 도무탄이 직접 수고를 해야만 한다.

슥—

그는 독고지연 쪽으로 몸을 틀면서 그녀의 옷을 벗기려고 무턱대고 손을 뻗었다.

"아……."

그러자 그녀는 본능적으로 몸을 움츠리면서 그의 손길을 거부하는 몸짓을 취했다.

"자려면 옷을 벗어야지."

도무탄이 양어깨를 잡고 조용히 말하니까 그녀의 커다래진 두 눈의 동공이 풍랑이 몰아치는 바다에 떠 있는 조각배처럼 요란하게 흔들렸다.

"네……."

찰나지간 표정의 변화는 심했고 머릿속으로 수만 가지 생각이 명멸했으나 그녀는 곧 조그맣게 대답했다.

지금 이 순간에 도무탄은 정말 이 짓 못하겠다면서 벌떡 일어나서 나가 버릴 수도 있다.

그리고 독고지연은 한술 더 떠서 사랑하지도 않는 도무탄을 일검으로 죽여 버리고 미련 없이 여길 훌훌 떠나 세월로써 상처를 치유하는 방법도 있다.

그러나 두 사람은 그게 사람으로서 할 짓이 아니고, 또 그렇게 했다가는 죽을 때까지 두고두고 괴로워할 것이기에 가슴에 참을 인(忍)을 새기고 그 위에 또 새기면서 이 상황을 대

처해 나가고 있는 것이다.

도무탄은 지금까지 한 번도 여자의 옷을 제 손으로 벗긴 적이 없었고, 독고지연은 지금까지 한 번도 남자가 옷을 벗겨준 적이 없었다.

슥—

도무탄은 우선 그녀의 상의를 벗기려고 앞섶의 옷고름으로 손을 뻗었다.

그러다가 봉긋하게 솟은 젖가슴을 건드리고는 그 자신이나 그녀 둘 다 흠칫 놀랐다.

그런데 옷고름을 어떻게 묶어놨는지 잘 풀리지가 않았다. 그게 아니라 여자들이 어떤 식으로 옷고름을 묶는지를 모르니까 푸는 방법을 모르는 것이 당연했다.

"이… 이게……."

도무탄은 젖가슴에 얼굴을 바짝 들이대고 옷고름을 풀려고 용을 썼다.

"제가 할게요."

한동안 가만히 있다가 보다 못한 독고지연이 조그만 목소리로 말했다.

그녀는 옷고름을 잡고 약간 떨어진 곳 탁자의 불이 밝혀진 촛대를 바라보았다.

"불을 꺼주세요."

도무탄은 미동도 하지 않고 옷고름을 뚫어지게 주시했다.

"너의 나신을 자세히 살펴볼 것이다."

독고지연은 얼굴을 확 붉혔으나 더 이상 보채지 않고 가만히 옷고름의 어느 하나를 잡아당겼다.

그러자 그렇게 애를 먹이던 옷고름이 즉시 풀리면서 좌우로 벌어졌으며 그녀는 연이어서 상의 위아래로 꼼꼼하게 묶은 다섯 개의 옷고름을 다 풀었다.

스르…….

그리고 나서 우아한 동작으로 상의를 벗고는 두 팔로 가슴을 감싸 안고 부끄러워했다.

단지 상의만 벗었을 뿐이고, 그나마 두 팔로 가슴을 가린 모습인데도 도무탄은 부지중에 긴장했다.

"가슴을 보자."

그가 진지한 얼굴로 요구하자 독고지연은 잠시 머뭇거리더니 가슴을 동여맨 젖 가리개를 풀었다.

사르…….

그러면서 두 팔을 아래로 가만히 늘어뜨리고 얼굴을 노을처럼 붉히며 고개를 숙였다.

그녀는 침상에 걸터앉아서 벌거벗은 상체를 비틀어 도무탄 쪽을 향하고 있는데, 그 모습이 뭐라고 말로는 설명할 수 없을 정도다.

도무탄은 비로소 그녀가 옷을 입고 있는 이유가 무엇인지 알게 되었다.

만약 그녀가 나신으로 다닌다면 그 즉시 삼라만상에 큰 재앙이 닥칠 것이다.

왜냐하면 태양은 빛을 잃을 것이고 산천초목은 말라죽을 것이며 천지간의 음양오행의 법칙마저도 어그러져서 종국에는 동물이든 식물이든 아무것도 살아남은 것이 없을 것이기 때문이다.

최소한 지금 독고지연의 반라(半裸)를 보는 도무탄의 생각은 그러했다.

그는 이끌리듯이 두 손을 뻗어 한 쌍의 젖가슴을 부드럽게 움켜잡았다. 몽실몽실한 느낌이며 따스하고 무척이나 부드러웠다.

이어서 그는 얼굴을 가져가 왼쪽 젖가슴의 유두를 조심스럽게 입술로 물었다.

"아······."

그리고는 천천히 입안으로 빨아들였다.

가만히 있던 독고지연은 바르르 몸을 떨더니 두 손으로 그의 머리를 가만히 안았다.

第三十一章

오해가 낳은 사랑

등롱기

불을 끈 침상 위 이불 속에 벌거벗은 도무탄과 독고지연이 누워 있다.

아니, 정확하게 설명한다면 독고지연은 누워 있고 그녀의 몸 위에 도무탄이 엎드려 있는 자세다.

도무탄은 독고지연의 상체를 발가벗긴 이후 지금까지 반 시진에 걸쳐서 자신이 알고 있는 모든 방법을 총동원하여 그녀의 온몸을 애무했다.

어느 여자라도 그의 집중적인 애무를 받으면 백이면 백 다 까무러칠 정도로 흥분하여 거머리처럼 달라붙으면서 어서 당

신의 물건을 자신의 뜨거워진 그곳에 삽입해 달라고 흐느껴
울게 마련이다.

그렇지만 독고지연은 요지부동 까딱도 하지 않았다. 도무
탄이 다른 여자들에게 했던 것보다 몇 배나 더 공들여서 애무
를 했는데도 말이다.

그렇다면 분명히 원인은 둘 중에 하나일 것이다. 도무탄의
애무하는 실력이 형편없거나 아니면 독고지연이 둔감해서일
것이다.

그렇다고 해서 도무탄은 반 시진 동안의 집중적인 애무를
다시 한 번 시도할 생각은 추호도 없다.

그리고 오늘 밤의 정사를 다음 날로 미룬다거나 포기할 생
각은 더더욱 하지 않는다.

그것은 독고지연의 전라를 봤을 때 이미 결정됐었다. 그는
자신이 지금까지 섭렵한 여자들의 장점만을 모은다고 해도
독고지연의 발가락 하나의 아름다움에도 미치지 못할 것이라
는 생각이 들었다.

그리고 이처럼 완벽한 여신(女神)의 몸을 자신이 만취한 상
태에서 가졌다는 사실이 실로 개탄스러웠다.

그래서 오늘만큼은 맨 정신의 그녀를 맨 정신의 그가 제대
로 정복하고 싶었다.

만약 그날 밤 서림장에서 서로 만취한 상태에서 정사를 나

눈 사이가 아니라고 한다면, 오늘 밤 독고지연이 제아무리 여신 아니라 절대여신이라고 해도 정사를 할 마음은 먹지 않았을 것이다.

도무탄은 더 지체하기 어려울 만큼 흥분이 고조되었으며 커질 대로 커진 음경이 터져 버릴 것만 같았다.

독고지연의 다리를 벌리고 둔부를 살짝 들어 올려서 자신을 받아들일 수 있는 자세로 만든 직후에 그는 음경을 천천히 옥문으로 가져갔다.

"아……."

그러자 독고지연은 하체를 움찔 움츠리며 몸이 단단하게 경직되었다.

"몸에 힘을 빼."

"아아……."

"그렇지."

도무탄은 최대한 부드럽게 하려고 최선을 다했다. 그런데 그게 뜻대로 잘되지 않았다. 이것은 마치 바늘구멍에 동아줄을 꽂는 것 같은 느낌이다.

"아악!"

갑자기 독고지연이 날카로운 비명을 지르면서 두 손으로 도무탄의 가슴을 밀었다.

"아아… 당신 대체 무엇을 넣은 거예요……."

"왜 그러느냐?"

"아아… 죽을 거 같아요… 어째서 정상적으로 하지 않고 이상한 흉기로 나를……."

"흉기 아니다."

"그… 그럼?"

"자, 만져 봐라."

"……."

캄캄한 어둠 속에서도 도무탄은 독고지연이 자신의 음경을 만져 보더니 갑자기 두 눈이 두 배로 커지면서 동공에서 경악과 공포의 안광이 뿜어지는 것을 발견했다.

이후 이 방에서는 밤새도록 처절한 비명 소리가 난무했다.

"으음……."

도무탄은 온몸이 찌뿌듯한 것을 느끼면서 잠이 깼다.

그는 한껏 기지개를 켜면서 천천히 눈을 떴다. 그리고 그가 제일 먼저 발견한 것은 창을 열어놓고 그 앞에 서서 밖을 내다보고 있는 독고지연의 뒷모습이었다.

그는 비로소 지난밤 독고지연과의 뜨거운 정사의 기억이 떠올라서 빙그레 만족의 미소를 머금었다.

그런데 그녀는 옷을 다 입은 모습이고 검은 아직 매지 않고 탁자에 놓여 있었다.

지난밤에 그녀는 울고불고 수없이 자지러졌었다. 하지만 그가 알기로 그것은 흥분이나 쾌감 때문이 아니라 고통에 가까운 것이었다.

그러나 그것은 크게 문제될 것이 없다. 아직 초기 단계라서 그렇지 차츰 길이 들면 괜찮아질 테고 그녀도 정사의 쾌락을 느끼게 될 것이다.

"연아."

그의 조용한 부름에 독고지연의 몸이 가볍게 움찔 떨리더니 천천히 돌아섰다.

그녀는 착잡한 표정으로 도무탄을 바라보았으나, 빛을 등지고 서 있기 때문에 도무탄은 그녀의 얼굴이 그저 검게만 보일 뿐이다.

"언제 일어났느냐?"

독고지연은 대답하지 않고 침상으로 천천히 걸어왔다.

"아……."

그러나 채 두어 걸음도 걷지 못하고 멈추면서 손으로 아랫배를 지그시 누르며 고통스러운 표정을 지었다. 어젯밤 정사 때문에 은밀한 부위가 아프기 때문이다.

그녀는 약간 어기적거리는 걸음으로 다시 걸어서 침상 가에 조용히 걸터앉았다.

도무탄은 누운 채 손을 뻗어 그녀의 둔부를 어루만지며 히

죽 웃었다.

"한 번 더 할까?"

그런데 그녀는 수줍어하지도 않고 그를 물끄러미 굽어보기만 했다.

슥―

"왜 그러느냐?"

도무탄은 일어나 앉으며 의아한 얼굴로 물었다. 그가 보기에 독고지연의 행동이 뭔가 좀 이상했다.

그녀는 잠시 그의 얼굴을 물끄러미 응시하다가 갑자기 뺨을 때렸다.

짝!

"나쁜 놈."

"……."

도무탄은 멍한 기분이 되었다. 뺨을 맞아서 아프기 때문이 아니다.

그녀는 세게 때리지 않았으나 그렇다고 약하지도 않아서 어느 정도 아픔을 느낄 정도였다.

"왜 그러느냐?"

그가 어이없는 얼굴로 묻자 독고지연은 표정이 복잡하게 여러 차례 변하더니 이윽고 조용히 말했다.

"미안해요."

슥—

그리고는 일어나서 조금 전처럼 불편한 걸음걸이로 방을 나가 버렸다.

탁—

"도대체 여자란……."

도무탄은 영문도 모른 채 뺨을 얻어맞고는 닫힌 문을 바라보다가 고개를 절레절레 가로저었다.

아마도 어젯밤에 그가 너무 우악스럽게 다뤄서 고통스러웠던 것이 조금 미웠나 보다.

확!

그는 이불을 젖히고 침상에서 바닥으로 내려섰다.

그는 여전히 나신이다. 어젯밤에 그는 내리 두 번 독고지연을 괴롭힌 후에 그녀를 품에 안고 잠이 들었었다.

그녀는 그를 완전히 자신의 남편으로 여기는지 나신으로 그의 품에 폭 안겨서 잤다.

그때 옷을 찾으려고 두리번거리다가 무심코 침상을 돌아보던 그의 동작이 뚝 멈춰지더니 눈이 커다랗게 떠지며 놀라는 표정을 지었다.

이불이 걷어진 침상의 요는 온통 피투성이였다. 흡사 침상에서 사람을 찔러 죽인 것 같은 광경이다.

"피라니……."

그는 어리둥절하여 고개를 갸웃거렸으나 곧 어찌 된 영문인지 깨달았다.

"이런……."

그는 순결한 여자와 단 한 번 정사를 해봤으며 그 여자가 독고지연이라고 믿었었다.

그런데 그는 눈앞의 피를 보면서 한 가지 중요한 사실을 깨달았다.

여자가 순결을 잃으면 처녀막이 파열되면서 앵혈(鶯血)을 쏟아낸다는 사실이다.

그러니까 독고지연은 서림장에서 술에 만취했던 그날 밤에 순결을 잃었던 것이 아니다.

정말로 얄궂게도 그녀는 자신이 도무탄에게 순결을 잃었다고 철석같이 믿고는 일부러 그를 찾아와서 그때까지도 멀쩡하게 간직하고 있던 순결을 어젯밤에 바쳐 버린 꼴이 되고 말았다.

"이거야……."

그날 이른 새벽에 서림장에서 독고지연은 자신이 흘렸을 앵혈을 확인하지 못했든가 아니면 너무 당황한 나머지 미처 거기까지 생각이 미치지 못했을 것이다.

그리고 그녀는 오늘 아침에 침상에서 일어나다가 자신이 흘린 앵혈을 발견하고 모든 것을 깨달아 버린 것이 분명하다.

그녀가 어젯밤에 도무탄을 찾아오지 않고 그냥 지나쳤더라면 그녀의 순결은 계속 유지됐을 것이다.

그리고 언젠가 다른 남자와 정사를 하게 될 때 비로소 그녀는 자신이 순결한 몸이었다는 사실을 깨닫고 눈물을 흘리게 되리라.

이것은 운명의 짓궂은 장난이라고밖에는 할 수가 없다.

도무탄은 조금 전에 독고지연이 그의 뺨을 때린 이유를 이제야 비로소 깨달았다.

그녀로서는 도무탄이 죽이고 싶을 만큼 미울 테지만, 따지고 보면 그의 잘못은 하나도 없다.

가만히 잘 있는 그의 집에 그녀가 찾아와서 그에게 순결을 바쳤으니 부인이 되겠다느니 어쨌느니 한 사람은 그녀였기 때문이다.

그렇다고 해서 도무탄이 아무렇지도 않은 것은 아니다. 그는 독고지연의 지금 심정을 십분 이해하고 또 공감할 수 있을 것 같았다.

그는 굳게 닫혀 있는 문을 쳐다보았다.

속이 상한 독고지연이 문을 나가서 곧장 떠나 버렸을 수도 있고, 아니면 그대로 남아 있을 수도 있다.

그러나 도무탄이 그녀 입장이었다면 그냥 훌훌 떠나 버렸을 것이다.

척!

방문을 열고 나간 도무탄은 깜짝 놀랐다.

그곳 실내 한가운데에 커다란 나무통이 놓여 있으며 나무통 안에서 뿌연 수중기가 무럭무럭 솟아 나왔다. 그로 미루어 나무통은 목욕통이 분명했다.

그리고 목욕통 옆에 독고지연이 다소곳이 서 있었다.

"연아……."

도무탄은 그녀가 가버렸을 것이라고 거의 포기하고 있었는데 그녀를 다시 보게 되자 가슴이 뭉클했다.

"목욕하세요."

그녀는 도무탄을 그윽하게 응시하며 조용히 말했다.

도무탄은 천천히 걸어갔다.

"목욕통은 어디에서 났느냐?"

"아버님께 여쭤봤어요."

"뭐라고?"

그는 독고지연 앞에 부딪칠 듯이 바싹 멈춰 섰다.

그녀는 사르륵 얼굴을 붉혔다.

"당신을 씻겨 드린다고……."

"누가?"

"천첩이……."

독고지연이 도무탄을 씻겨줄 거라면서 부친에게 목욕통을

달라고 말했다는 것이다.

도무탄은 그녀가 자신을 '천첩' 이라고 지칭하는 것을 듣고 가슴이 찌르르 하는 것을 느꼈다.

혼인을 약속했었던 방아미라고 해도 자신을 지칭할 때는 '나' 아니면 '저', 잘해야 '소녀' 라고 했었다.

"허어… 그랬더니 아버지가 뭐라고 하시던데?"

"기특하다고 하셨어요."

"그래?"

도무탄은 어젯밤에 독고지연과 정사를 할 때까지만 해도 그녀에게 조금씩 애정을 느꼈으나 지금 이 순간에는 애정이 갑자기 산더미처럼 높아지는 것을 느꼈다.

"목욕통에 들어가세요."

독고지연은 도무탄의 옷을 벗겨주며 온순하게 말했다.

도무탄도 따라서 그녀의 옷을 벗겨주었다.

"너도 같이 들어가자."

"천첩은……."

"내 몸에 피가 묻었으면 네 몸에도 묻었을 게 아니냐?"

"……."

독고지연은 깜짝 놀라는 것 같더니 약간 고개를 숙이고 가만히 서 있었다.

도무탄의 말은 지금 그녀가 어떤 심정인지 다 헤아리고 있다는 뜻이다.

"과연 매 순간마다의 결정이 그 사람 아니면 여러 사람의 운명을 바꾸어놓는 것 같다."

"……."

"어제 네가 나를 찾아오지 않았더라면, 그리고 오늘 아침에 네가 그냥 훌쩍 떠나 버렸더라면, 아마도 우리의 인연은 거기까지였을 것이다."

독고지연은 고개를 들어 말간 눈빛으로 그를 바라보았다.

"그러나 너는 나를 찾아왔었고 네가 어제까지만 해도 순결한 몸이었다는 사실을 알게 된 오늘 아침에도 떠나지 않고 나를 기다려 주었다."

그는 독고지연의 허리를 두 팔로 안았다.

"너의 결정이 옳았다는 것을 앞으로 살아가면서 내가 증명해 보이겠다."

"흑……."

독고지연이 가볍게 흐느끼며 그의 가슴에 뺨을 묻었다.

"이제 천첩은 탄 랑 거예요."

"잠깐만요. 당신에게 드릴 말씀이 있어요."

목욕통 속에서 도무탄이 자신의 허벅지에 앉힌 독고지연의 옥문에 발기한 음경을 삽입하려고 하자 그녀가 제지하면서 그의 음경을 꼭 붙잡았다.

"무슨 말인데?"

"추격대가 당신을 쫓고 있어요."

도무탄은 그녀가 추격대에 대해서 알고 있다는 사실에 움
찔 놀랐다.

"설마 그들이 여기까지 추격해 왔다는 건가?"

"원평까지는 아니에요. 원평에서 남쪽으로 삼십여 리쯤에
정양현(定襄縣)과 더 남쪽의 석관령 사이에서 천첩은 삼십여
명의 무림고수를 발견했어요. 그들은 모두 북상하고 있던 중
이었어요."

"그랬었군."

자신들이 십팔복호호법과 무림고수들을 완전히 따돌렸다
고 믿었던 도무탄은 적잖이 놀랐다.

"천첩이 그들을 모두 죽여서 시체를 은밀한 곳에 은폐했으
니까 약간의 시간을 벌 수는 있을 거예요. 그렇지만 그다지
긴 시간을 확보하진 못할 거예요."

"네가 그들을 죽였다고?"

도무탄은 방금 전보다 더 놀랐다.

"너는 원평에서 나를 발견하기 전에는 북경의 집으로 가는
중이었잖느냐? 그런데 어째서 그들을 죽였느냐?"

"모르겠어요. 그냥 당신에게 해를 입히려는 자들을 용서할

수 없다는 생각이 들었어요. 그리고 그들을 내버려 두면 당신을 괴롭힐 거라서…….”

“연아, 너는 정말…….”

도무탄은 그녀에게 크게 감동하여 그녀를 꼭 끌어안았다.

“이제 천첩은 당신의 아내가 되었으니 절대로 그들을 용서하지 않을 거예요. 또한 무영검가의 이름으로 정식으로 소림사에 항의할 생각이에요.”

도무탄은 한 손으로는 그녀의 가슴을 다른 손으로 옥문을 쓰다듬었다.

“고맙다. 그런 의미에서 한 번 하자.”

“탄 랑, 지금 이 상황에…….”

그녀는 뒤를 돌아보려다가 눈을 휘둥그렇게 뜨면서 날카로운 비명을 질렀다.

“아악!”

두 사람이 함께 목욕통에 들어가서 목욕을 하고 나오고 얼마 지나지 않아서 매형인 추영곤이 찾아왔다.

“아침 식사 하십시오.”

그는 아침 식사를 하러 부르러 온 것만은 아닌 것 같은 표정으로 독고지연의 눈치를 살폈다.

“매형, 이 사람은 괜찮으니까 말씀하세요.”

도무탄이 나란히 서 있는 독고지연을 가리키며 말하자 추영곤이 깜짝 놀랐다.

"말씀 낮추십시오, 방주."

사실 여기에 있는 추영곤과 도능부의 아내 당화는 도무탄이 예전에 고향집으로 보낸 해룡방의 수하들이다.

삼 년쯤 전에 도무탄은 자신을 호위하던 무사 중 한 명인 추영곤에게 자신의 고향집에 가서 은밀하게 가족들을 보호하라는 명령을 내렸었다.

추영곤은 옛날에 도무탄이 살았던 타호하 상류의 집 근처에 통나무집 한 채를 짓고 혼자 살면서 자연스럽게 도무탄 가족들과 가까워졌다.

이후 추영곤은 여러모로 가족들을 돕고 또 보호하는 과정에 큰딸 도란과 애정이 싹텄다.

그런 사실을 보고받은 도무탄은 추영곤에게 누나와 혼인을 해도 된다고 허락했으며 넉넉한 축의금을 보냈었다.

이듬해에는 도능부의 부인감으로 예쁘고 참한 여자 당화를 물색하여 고향집으로 올려 보냈다.

원평에는 해룡방 휘하의 점포가 십여 개 있으므로 당화는 그 점포 중에서 한 곳의 딸의 신분으로 위장을 했다.

그리고는 도란과 혼인을 한 추영곤이 도능부를 데리고 가끔 원평에 나와 그 점포에 가서 당화와 도능부가 자연스럽게 대면하고 또 사귈 수 있도록 다리를 놔주었던 것이다.

"아니오. 과거에는 내 수하였을지 모르지만 지금은 누나의 남편이니 매형으로 모셔야지요."

도무탄은 고개를 가로젓고 나서 추영곤에게 당부했다.

"나와 이 사람은 아침을 먹고 나서 떠날 것이니 앞으로도 가족들을 잘 부탁하오, 매형."

도무탄과 독고지연, 녹상은 방란촌 고향집을 떠나 배를 타기 위해서 원평으로 나왔다.

독고지연은 도무탄과 함께 북경성의 무영검가로 함께 가기를 원했고 그는 흔쾌히 그러자고 했다. 그리고 마땅히 갈 곳이 없는 녹상도 함께 가기로 했다.

그런데 일은 엉뚱한 곳에서 터졌다. 세 사람이 천진으로 가는 배를 타기 위해서 원평의 타호하 도선장으로 갔다가 거기에서 추격대로 보이는 무림고수 다섯 명과 정면으로 맞부딪친 것이다.

세 사람은 합심하여 무림고수 다섯 명을 모두 죽이고 배를 타는 것을 포기한 채 동쪽으로 내달렸다.

"탄 랑, 여기에 잠시만 숨어 계세요."

오대산 남쪽 기슭 커다란 바위 수백 개가 우후죽순처럼 솟아 있는 곳에 도무탄과 독고지연, 녹상이 어느 거대한 바위 아래 모여 있다.

방금 말한 독고지연이 가리킨 곳은 바위의 아래쪽이다. 바위와 땅 사이에 폭 두 자 정도의 틈이 있는데 그 안쪽, 즉 바위 아래에는 제법 넓은 공간이 있었다. 그녀는 도무탄더러 그 안에 숨어 있으라는 것이다.

"아니다. 나는 너희들과 같이 끝까지⋯⋯."

도무탄은 강하게 반발하다가 말을 다 맺지 못하고 스르르 쓰러졌다.

그의 혼혈을 짚은 독고지연은 다시 그의 몸 몇 군데 혈도를 눌러서 그에게 귀식대법(龜息大法)을 전개했다.

그로서 그는 살아 있지만 지금부터는 호흡과 심장박동이 정지된 상태로 있게 된다.

그래서 독고지연이 다시 돌아와 귀식대법을 풀어주거나 아니면 저절로 풀리면 혼혈도 따라서 해혈되어 그때부터 움직일 수 있게 된다.

독고지연은 품에 안은 도무탄의 얼굴을 물끄러미 굽어보다가 고개를 숙여 그의 입술에 입맞춤을 하였다.

그 모습을 가까이에서 지켜보는 녹상은 복잡하고도 야릇한 표정을 지었다.

독고지연은 틈새로 도무탄을 밀어 넣은 후에 주위에서 몇 개의 바위를 들고 와서 틈새를 메워 버렸다.

일어선 두 여자는 추격대 수백 명이 몰려오고 있는 서쪽과 남쪽을 잠시 응시했다.

"어느 쪽으로 갈래?"

녹상이 물었다.

"상 매 좋을 대로 해."

"연 매는 동쪽으로 가. 내가 북쪽으로 갈게."

독고지연은 가볍게 고개를 끄떡였다.

"추격대를 완전히 따돌리고 나서 이곳에 돌아와야 해."

"물론이야."

녹상은 독고지연의 손을 꼭 잡았다.

"오빠 홀아비 되는 거 싫으니까 죽지 마."

"고마워."

독고지연의 뜬금없는 말에 녹상은 의아한 표정을 지었다.

"뭐가?"

"탄 랑 양보해 줘서."

"양보는 무슨⋯⋯."

"상 매가 그이 사랑하는 거 알아."

"쓸데없는 소리."

녹상은 번쩍 북쪽으로 신형을 날렸다.

"먼저 간다."

독고지연은 녹상이 멀어지는 것을 바라보다가 시선을 거두어 도무탄이 들어가 있는 바위 아래를 바라보았다.

'오래 기다리시게 하지 않을 거예요.'

휘익!

이어서 그녀는 동쪽으로 경공술을 전개하여 쏘아갔다.

『등룡기』 4권에 계속…

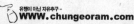

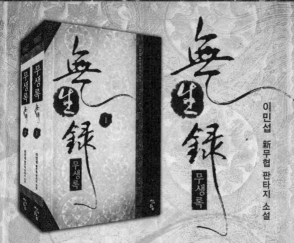

이민섭 新무협 판타지 소설

죽지 못하는 자는 살지 못하는 것과 같다.
그래서 그는 스스로를 무생(無生)이라 부른다.

『무생록[無生錄]』

은퇴한 기인들의 마을, 득도촌
그곳에서 가장 기이한 자는…
은거기인들마저 놀라게 하는 한 명의 청년

"그 무엇도 궁금해하지 말 것!"

부엌칼로 태산을 가르고,
곡괭이질로 산을 뚫는 자, **무생!**

흘러 들어온 **남궁가**의 인연으로,
죽지 못해서 살아온 그가
이제 죽기 위해 무림으로 나선다.

**살지 못한 자가 비로소 살게 되었을 때
천하가 오롯이 그의 것이 되리라!**

Book Publishing CHUNGEORAM

무형이 아닌 자유추구-
WWW.chungeoram.com

도시의 주인

말리브 장편 소설
FUSION FANTASTIC STORY

말리브 작가의 신작 현대 판타지!

죽기 위해 오른 히말라야.
그러나, 죽음의 끝에 기연을 만나다!

『도시의 주인』

다시 한 번 주어진 운명.
이제까지의 과거는 없다!

소중한 이를 위해! 정의를 외친다!

Book Publishing CHUNGEORAM